Diogenes Taschenbuch 22698

de
te
be

Viktorija Tokarjewa

# *Lebenskünstler*

*und andere Erzählungen*
*Aus dem Russischen von*
*Ingrid Gloede*

Diogenes

Die deutsche Erstausgabe erschien
1992 im Diogenes Verlag
Originaltitel der Erzählungen:
›Пять фигур на постаменте‹, ›Центр памяти‹,
›Центровка‹, ›Ехал грека‹.
Umschlagillustration: Kees van Dongen,
›Meisje met grote hoed‹, 1908 (Ausschnitt)

Veröffentlicht als Diogenes Taschenbuch, 1994

60/94/8/1
ISBN 3 257 22698 5

# *Inhalt*

Lebenskünstler 7
Zentrum des Gedächtnisses 89
Gleichgewicht 119
Fuhr ein Griech' 143

## *Lebenskünstler*

Nach zehnjähriger Pause fing der Mann von Tamara Kruglowa aus der Leserbriefredaktion wieder an zu trinken. In den vergangenen zehn Jahren war es allen, ja sogar ihm selbst gelungen, die trübselige Zeit zu vergessen, in der man ihn praktisch nie nüchtern gesehen hatte. Das war so lange her, daß man meinte, diese Zeit hätte es gar nicht gegeben. Und sie könnte sich nie wiederholen. Doch der Alkoholismus hat die Angewohnheit, mit der gleichen Fratze wiederzukehren – als lägen nicht Jahre dazwischen. Dieselbe Dekoration, dieselben Personen, dieselbe Dramaturgie: das alte Stück. Und der gleiche Geruch, der über allem hängt und alles durchdringt. Tamara nannte ihn den »Geruch der zerstörten Hoffnungen«.

Früher, vor zehn Jahren, hatte er sein Bett in der Klinik gehabt, und wenn ihn wieder das Saufen ankam, überantwortete er sich dem Staat. Die Pflegerin, Mütterchen Fenja, sagte oft, wenn sie den Abfall aus seinem Nachtschränkchen holte:

»Schlampig sind sie, diese Maler ...«

Tamaras Mann war kein Maler. Er war Bildhauer, dazu ein ziemlich bedeutender. Hin und wieder erwarb man seine Skulpturen im Ausland und stellte sie auf öffentlichen Plätzen auf. Er galt als talentiert.

Am Anfang ihrer Liebe hatten sein Talent und seine

Zugehörigkeit zur geistigen Elite eine große Rolle gespielt. Mit der Zeit aber nahm er das alles mit ins Atelier und lebte zu Hause nur noch seine Krankheiten und seine schlechte Laune aus.

Im Atelier war er inspiriert, hob er ab, oder wie immer sie das dort nannten. Alle möglichen Leute schauten bei ihm vorbei, auch junge Frauen. Häufig blieben sie bis in die Nacht und führten kluge Reden. Sie aßen und tranken und bedienten sich von den gesalzenen Pilzen und Gurken, die Tamaras Mutter für den Winter eingelegt hatte.

Tamara tat es leid um das kostbare Essen und die Mühe, die die Mutter sich gemacht hatte, aber sie hielt still. Natürlich ist es schön, wenn dein Mann keine Berühmtheit ist, keine öffentliche Person, und nicht der Öffentlichkeit gehört, sondern dir, ausschließlich dir. Wenn du dich bei ihm unterhaken kannst, und dann kauft ihr zusammen ein und tragt gemeinsam die Kartoffeln nach Hause. Doch wo findet man so einen schon? Irgendwer muß schließlich auch mit den Talenten leben.

Die Skulpturen verkauften sich mal besser, mal schlechter. Das Essen aber hatte jeden Tag auf dem Tisch zu stehen, und der Sohn mußte großgezogen werden ... Also war Tamara von morgens bis abends auf den Beinen. Sie wurde eine richtige »Tante mit Einkaufstaschen«. Wegen einer Thrombose gewöhnte sie sich an, mit leicht eingeknickten Knien zu gehen, vor Augen das Bild, das sie abgab: eingeknickt in den Knien, volle Taschen in beiden Händen, Hintern und Brust rausgestreckt, den Blick geistesabwesend in die Ferne gerichtet.

Auf ihren Mann durfte sie nichts abwälzen, er war ein

Talent. Ihr Sohn hustete, ihre Mutter führte das Regiment. Doch Tamara tröstete sich damit, daß es den anderen nicht besser ging. Heute, in den achtziger Jahren des zwanzigsten Jahrhunderts, ist die Frau der Stützpfeiler der Familie. Und deshalb arbeiten die Frauen wie die Wolgaschlepper. Den Männern dagegen bietet sich die Möglichkeit, ehrlich und unbestechlich zu sein und keinerlei Geld zu verdienen.

Ihr Mann also hatte nach zehnjähriger Pause wieder zu trinken angefangen. Die Pause war seinerzeit durch einen Schock entstanden. Ein befreundeter Arzt hatte ihm gesagt, sein Gehirn würde sich verflüssigen, wenn er noch ein halbes Jahr so weitermachte. Tamaras Mann stellte sich sein einzigartiges Gehirn als flüssiges Etwas vor und hörte von einer Minute zur anderen mit dem Trinken auf. Im Laufe der zehn Jahre ließ die Schockwirkung peu à peu nach, und alles fing von vorne an.

Tamara drohte, wenn er sich nicht augenblicklich einweisen ließe, würde sie sich aufhängen. Er glaubte ihr zwar nicht, wurde aber doch vorsichtig, rief einen befreundeten Suchtspezialisten an und bat ihn zu kommen und auch was Trinkbares mitzubringen. Tamara fuhr in die Redaktion, zu ihren Leserbriefen.

Früher, vor den Komplikationen in ihrer Liebesbeziehung, hatte Tamara sehr an ›ihren‹ Briefen gehangen. Sie wurde »Tomka, die Goldgräberin« genannt, weil sie nach den Goldkörnern in den Schicksalen, Themen und Problemen suchte. Dann aber wurden ihr eigenes Schicksal, ihr eigenes Thema und Problem so übermächtig, daß sie alles andere überschatteten.

Sollte sie sich scheiden lassen? Dann, fürchtete sie, würde er zugrundegehen. Oder bleiben? Dann ginge sie selbst zugrunde. Das Leben mit einem Alkoholiker gleicht einer Schlacht, einem Vormarsch unter Beschuß. Du läufst ein paar Meter – und stürzt zu Boden. Schnellst wieder hoch, läufst – und stürzt erneut. Und nie weißt du, was am nächsten Morgen, ja nicht einmal, was am selben Abend wird.

Der befreundete Psychiater, der ihren Mann damals so erschreckt hatte, hatte seine Dissertation über das Thema »Frauen von Alkoholikern« geschrieben. Demnach waren Alkoholikerfrauen eine eigene soziale Schicht, stellten eine besondere Gruppe oder Gattung dar.

Dies und ähnliches ging Tamara durch den Kopf, als ihr Chef, Wladimir Aleksejewitsch, kurz Wlad genannt, sie zu sich rief.

»Hätten Sie nicht Lust zu einer Dienstreise?« fragte Wlad. »Ein sehr interessanter Brief. Ein Soldat hat seiner Schwiegermutter mit der Axt auf den Kopf gehauen.«

»Nein, danke«, antwortete Tamara.

»Darf man fragen, weshalb nicht?«

»Ich habe eine Familie. Deshalb nicht.«

Leserbriefe schreiben in der Regel Leute, die irgendeinen Kummer haben, mit irgend etwas nicht zufrieden sind. Unaufhörlich ergießt sich eine Flut von Seufzern, Tränen und verlegenen Anfragen über die Redaktion. Die Menschen suchen höhere Gerechtigkeit. Die Redaktion ist für sie das höchste Gericht, und den Redakteur halten sie für den höchsten Richter. In ihrer Jugend und noch zehn Jahre danach war Tamara diese Gerechtigkeit über alles gegangen, war sie bereit gewesen, Hand, Fuß oder Auge dafür zu opfern, – jeden zweifach vorhandenen Körperteil. Heute dagegen hätte sie am liebsten Pluderhosen mit Glöckchen angezogen – und ab in den Harem. Sollte ihr Mann ruhig noch vierzig andere Frauen im Harem haben. Hauptsache, sie wurde versorgt und man ließ sie in Ruhe.

»Haben Sie denn gar keinen journalistischen Ehrgeiz?« fragte Wlad jetzt gereizt. Seine Gereiztheit ballte sich wie eine Wolke über Tamaras Scheitel.

Tamara schwieg. Die Zeit und das Leben hatten ihren Ehrgeiz aufgefressen. Es war ihr völlig egal, wer wem aus welchem Grund eins über den Schädel gegeben hatte. Ihr haute das Leben schließlich auch mit der Axt auf den Kopf. Aber sie schrieb nirgendwohin und beklagte sich bei niemandem. Nach außen hin sah alles sogar ganz prächtig aus: Gutsituierte Ehefrau nicht etwa eines kleinen Angestellten, sondern eines begabten Mannes, der zwar nicht weltweit, aber immerhin in Europa einen Namen hatte, Mutter eines zehnjährigen Sohnes. Tochter einer Mutter, die sie liebte. Das war die Fassade. Dahinter aber sah es anders aus: Tagsüber der Überlebenskampf, nachts die Leere neben ihr im Bett. Tamara hatte längst vergessen, welchen Geschlechts sie war. Irgendein Zwischending: nicht Mann noch Frau, Mann und Frau zugleich.

Die Freundinnen schnatterten ständig über ihr »Privatleben«. Tamara blieben weder Zeit noch Kraft für ein Privatleben. Und hätte sie eins gehabt, hätte sie niemandem davon erzählen können. Kein Schatten durfte auf ihren Mann fallen, er war schließlich Volkseigentum. Ihn zu kompromittieren hieße, sich an einem staatlichen Wert zu vergreifen. So mußte sie also die Last des Lebens weiterschleppen. Krampfadern stellen sich ein, eh man sich's versieht, hat man einen Nabelbruch – und das alles mit einem lebensbejahenden Lächeln auf den Lippen, wie bei der Parade zum Ersten Mai.

Sie wurde oft gefragt: Warum arbeitest du überhaupt? Alle Welt hielt sie für reich und angesehen und nahm an, die hundertfünfzig Rubel vom Verlag düften keine große Rolle für sie spielen. Dabei waren diese hundertfünfzig Rubel und die Rente der Mutter die einzigen Einkünfte, mit denen sie fest rechnen konnte. Seine gelegentlichen Honorare gingen für die Tilgung von Schulden drauf. Sie hatten so viele Schulden, daß es schon fast peinlich war. Kaum kam etwas Geld herein, war es auch schon wieder verschwunden – so spurlos, daß man denken konnte, man hätte es verloren.

Die Redaktion garantierte Tamara das Gehalt, und außerdem war sie so etwas wie ein Klub für sie. Hierher kam sie gern, hier erholte sie sich von der ewigen Gewitterstimmung zu Hause. Tamaras Mutter haßte ihren Schwiegersohn. Sie fand, daß er ihrer Tochter keine Hilfe war, daß er die Schönheit der Tochter nicht würdigte und überhaupt: Sie hatten ihn auf dem Buckel, und er saß da und ließ die Beine baumeln.

Der Schwiegersohn seinerseits war der Ansicht, daß er einen Beitrag zur Weltkultur leiste und die Menschheit ihm zu Dank verpflichtet sei. Deshalb mußten Frau und Schwiegermutter, als konkrete Repräsentanten der Menschheit, sich glücklich schätzen, daß sein Hintern sich gerade ihre Buckel ausgesucht hatte.

Tamaras Mann träumte davon, eines Tages nach Hause zu kommen, und die Schwiegermutter wäre fort. Wo mag sie sein? Merkwürdig. Vielleicht gestorben. Oder im Armenhaus. Oder hat geheiratet. Jedenfalls: Weg ist sie und – fertig. Tamara, die die Träume ihres Mannes erriet, war bereit, sein ganzes Atelier mitsamt den Skulpturen in die Luft zu sprengen, wenn er ihrer Mutter auch nur ein Haar krümmte. Die Mutter war der einzige Mensch, der sie liebte und der ihr half. Doch der Despotismus und die Dummheit der Mutter machten auch sie, bei aller Tochterliebe, langsam mürbe. Die Mutter hatte schon in jungen Jahren nicht gerade durch Verstand geglänzt, und im Alter war sie vollends töricht geworden. Sie erzählte einem tagaus, tagein dasselbe, – als ginge ein Dauerregen nieder. Vor diesem Hintergrund wirkte die Redaktion wie Monte Carlo, wie Roulett. Hier bestätigte sich Tamaras gesellschaftliche Stellung, hier wurde sie mit ihrem Ich konfrontiert. Und schließlich auch mit ihrem Chef.

»Das heißt also, Sie fahren nicht?« fragte Wlad noch einmal.

»Genau. Ich fahre nicht.«

»Na gut. Dann schicke ich Kowal«, entschied Wlad. »Kowal wird froh und glücklich sein. Aber irgendwie tut es mir leid um Sie. Sie haben so vielversprechend angefangen.«

Der Zug nach Dnepropetrowsk ging um zehn Uhr abends.

Tamara stieg in den Schlafwagen ein. Drinnen roch es nach Kohle und Asche und irgendwie nach Schießpulver. Der Wagen war leer und dunkel, genau wie sie.

In ihrer Handtasche steckte der Brief des Soldaten, der

seiner Schwiegermutter die Axt über den Schädel gehauen hatte. Auch so ein Raskolnikow. Den Brief hatte er aus dem Gefängnis geschrieben.

»Sehr geehrte Redaktion! Ich möchte wissen, ob ein Richter eine Waage besitzt und ob sie genau wiegt. Ich habe die Schule besucht, habe nach Wissen gestrebt wie die Sonnenblume zur Sonne, habe die achte Klasse abgeschlossen und war Schweinepfleger in der Kolchose. Habe in der Sowjetarmee gedient. Und während ich dort diente, erschien in der Gebietszeitung ein Artikel »Soldatenfreuden«, wo stand, ich hätte einen Moskwitsch gewonnen, den ich aber gar nicht gewonnen hatte. Der Artikel wurde auch in der zentralen Zeitung abgedruckt, und meine Frau und meine Schwiegermutter lasen die Geschichte. Als ich in die Kolchose zurückkam, fragte die Schwiegermutter: Schwiegersohn, wo ist dein Auto? Meine Frau hat versucht, mich zu vergiften, aber nicht mich, sondern den Hund hat es erwischt. Und nun bin ich hinter Gittern, sitze elf Jahre Haft unter verschärften Bedingungen ab, und meine Frau treibt sich mit dem herum, mit dem sie mich schon betrogen hat, als ich noch diente. Und sowas nennt sich Soldatenfreuden.«

Über die Schwiegermutter und die Axt kein Wort. Tamara hatte die zentralen Zeitungen durchgesehen. Ja, der Artikel, verfaßt vom Lokalreporter, existierte. Sie mußte der Sache also wirklich vor Ort auf den Grund gehen. Vielleicht waren elf Jahre ja eine gerechte Strafe, aber hier handelte es sich um eine Kollektivschuld, und die elf Jahre hätten auf drei Personen verteilt werden müssen, statt sie einer alleine aufzubürden.

Tamara betrat ihr Abteil. Am Fenster saß eine Person männlichen Geschlechts, allem Anschein nach auf Dienstreise. Der Mann sah aus wie einer, der abhängig ist, abhängig vom Gehalt, von den Vorgesetzten, von der Ehefrau, von der Leichtindustrie. Und ihm behagte die Abhängigkeit, denn seinem Tierkreiszeichen und Wesen nach war er ein Esel. Esel können damit leben, an einem Pflock angebunden zu sein. Das Äußerste, wozu sie imstande sind, ist, am Strick zu zerren. Nie würden sie auf die Idee kommen, sich loszureißen und einfach abzuhauen. Oder einmal nicht auf Dienstreise zu gehen, wenn sie keine Lust dazu haben. Oder aus voller Kehle loszusingen, wenn sie guter Laune sind ...

Als er Tamara sah, belebte sich der Esel. Sie waren nur zu zweit im Abteil, und das eröffnete verlockende Perspektiven. Tamara hatte früher sehr gut ausgesehen, nicht von ungefähr war der Blick des Bildhauers und später seine Wahl auf sie gefallen. Sie wäre auch jetzt noch hübsch, wären da nicht der gehetzte Ausdruck und die Verbitterung in ihren Zügen. In der Dissertation hieß es, daß hundert von hundert Alkoholikerfrauen an Neurosen litten. Also ausnahmslos alle. Der ständig wirksame Reizfaktor – der betrunkene Ehemann – zerrüttet in hundert von hundert Fällen das Nervenkostüm. Und die Neurose überdeckt die Schönheit, so daß nur noch die Spuren des Verdrusses sichtbar sind. Doch das Abteil war schlecht beleuchtet, und der Esel bemerkte die Spuren des Verdrusses nicht. Was er registrierte, waren ihre gute Figur, ihre relative Jugend, die ungewöhnlich elegante Kleidung und das außergewöhnliche Parfüm.

Tamara setzte sich ihm gegenüber und schaute aus dem Fenster. Sie dachte: Genau das ist mein Leben. In einem vorsintflutlichen Schlafwagen, mit einem Esel im Abteil, unterwegs in eine fremde Stadt, aufgrund des Briefes eines ehemaligen Schweinepflegers und jetzigen Gefangenen.

Unterdessen war der Esel auf seinem Platz in Bewegung geraten und hatte eine Flasche Wein hervorgeholt.

»Sie haben nicht zufällig einen Korkenzieher dabei?« fragte er in einschmeichelndem Ton.

»Nein!« erwiderte Tamara derart laut, daß er vor Schreck zusammenzuckte und die leeren Gläser auf dem Tischchen klirrten.

In diesem Nein lag der Protest gegen ihr ganzes Dasein.

Der Dienstreisende sah Tamara verstört an, dann fragte er: »Was ist, sind Sie, – äh, in Behandlung?«

In diesem Augenblick erschien die Schlafwagenschaffnerin.

»Die Fahrkarten und das Geld für die Bettwäsche!« sagte sie.

»Mit dem fahre ich nicht!« erklärte Tamara.

»Und ich mit Ihnen auch nicht«, konterte der Dienstreisende beleidigt. »Auf Sie hab ich grad gewartet... Sie Kratzbürste.«

»Es ist kein Bett mehr frei«, leierte die Schaffnerin in einstudiertem Ton herunter.

»Das stimmt nicht. Der ganze Wagen ist leer«, widersprach Tamara.

»Der ganze Wagen ist belegt.«

Die Schaffnerin nahm das Geld und ging.

Schweigend holte Tamara Matratze und Kopfkissen

von der oberen Liege herunter und bezog das Bett mit der klammen, abgenutzten Bettwäsche. Legte sich hin, ohne sich auszuziehen, drehte sich zur Wand und verharrte bewegungslos. Sie versuchte, ihre Verzweiflung zu verbergen, doch die strahlte von ihr aus wie Radioaktivität von einem Stück Uranerz. Das Abteil war eng, die Strahlung intensiv, und zwangsläufig spürte sie auch der Dienstreisende.

»Soll ich rausgehen?« fragte er leise.

»Schon gut«, sagte Tamara. »Ich hab nur einfach Kopfschmerzen.«

Er erhob sich, trat leise auf den Gang hinaus und schob die Tür hinter sich zu.

Der Zug fuhr durch die Nacht. Vor ihrem inneren Auge sah Tamara sein Atelier, die Zigarettenasche überall auf dem Fußboden, die leeren Flaschen, den Schmutz, die schmale Liege in der Ecke und die fünf Figuren auf dem Sockel, seine noch unvollendete Arbeit. Fünf schmerzgebeugte Frauengestalten, die einen gefallenen Soldaten beweinen. Er selbst liegt, zusammengekrümmt und betäubt vom Alkohol, auf der Liege. Später wacht er auf, greift mit der Hand nach unten, nach der Flasche, kippt sie sich rein. Dann schläft er wieder ein. Er ißt nichts. Seine Leber revoltiert. Und sein Gehirn weigert sich, für so einen Idioten zu arbeiten. Hinterher kann er sich an nichts mehr erinnern – als hätte er zwei Wochen lang in einem schwarzen Sack gesteckt. Nach zwei Wochen kommt er langsam wieder zu sich. Mit seinem grauen Stoppelbart sieht er aus wie ein Zuchthäusler; er mag keine Menschen sehen. Er hat die typische Depression nach einer Saufperiode. Sein

Organismus gleicht einem geprügelten Hund. Einem Auto nach einer Karambolage.

Danach setzt die ›Remission‹ ein, er arbeitet wieder. Alles, was überhaupt entsteht, entsteht in dieser Phase. Er arbeitet wie besessen, vergißt zu schlafen und zu essen. Wie in dem Lermontov-Gedicht über den Recken Mzyri: »Nur ein Gedanke verfolgte mich, nur eine Leidenschaft verspürte ich...« Nach einiger Zeit kehrt die seelische Unruhe, und damit der seelische Druck, zurück. Langsam schleicht sich die Schwermut heran, und das bedeutet: Bald trinkt er wieder. Er hat für das alles die schöne Bezeichnung »Pathologie des Talents«. Dann stellen sich ebenso pathologisch talentierte Freunde, oder einfacher gesagt, intelligente Penner ein. Das sind genau solche Typen wie der Mann der Hausmeisterin Tante Dusja, nur daß sie mehr Bücher gelesen haben. Und alles beginnt wieder von vorne. Wieder für zwei Wochen in den Sack.

Zehn Jahre lang hat es das nicht gegeben. Zehn Jahre lang ist er absolut trocken gewesen. Doch ein trockener Alkoholiker ist nicht das gleiche wie ein gesunder Mensch, der nicht trinkt. Ein trockener Alkoholiker hat etwas verloren, in ihm ist gleichsam das Licht erloschen. So fühlen sich wahrscheinlich Menschen, die ihre Heimat verlassen haben. Sie haben alles, aber nichts macht sie glücklich. Beim trockenen Alkoholiker verbiegt sich die Psyche, dringt das nach außen, was vorher verborgen war: Geiz, Egoismus, Ungeselligkeit. Ein trockener Alkoholiker ist langweilig. Manchmal hatte Tamara sogar gewünscht, daß er sich wieder betrank. Während seiner Saufphasen hatte es, besonders am Anfang, ekstatische Augenblicke gegeben, Liebesworte, erhabene Worte, heiße Schwüre, an die sie jedesmal geglaubt hatte. Aber hinterher hatte er sich an nichts mehr erinnert.

Alles in allem: die Situation des Hamsters im Laufrad. Tamara war der Hamster. Wo aber war eine Öffnung, ein Ausgang? Das Laufrad war fest verschlossen...

Der Dienstreisende kam zurück ins Abteil. Er legte sich hin und rührte sich nicht mehr. Vielleicht weinte auch er, vielleicht hatte auch er sein Laufrad, genau wie die Schaffnerin und das ganze Zugpersonal? Mit rasender Geschwindigkeit, wie eine Zeitmaschine, trug der Zug sie alle durch das Leben. Ein weinender Zug rast durch die Welt.

Auf dem Bahnhofsvorplatz standen Taxen. Die Fahrer warteten gelangweilt auf Kundschaft.

Vor der Abreise hatte die Buchhalterin Rosita zu Tamara gesagt: Wenn du ein Taxi brauchst, dann nimm eins. Und wenn du fliegen mußt, dann flieg. Hauptsache, du bringst Quittungen mit. Belege.

Taxi und Flugzeug gehörten zu ihren Rechten, das Mitbringen von Quittungen – zu ihren Pflichten.

Tamara versuchte es bei jedem Wagen. Sie nannte die Adresse: Siedlung Solnetschnyj, aber niemand wollte sie hinbringen. In letzter Zeit bestimmen die Taxifahrer selbst, welche Routen und mit welchen Fahrgästen sie fahren.

Unweit der Taxen stand ein Auto von höchst originellem Aussehen. Marke Eigenbau, vermutete Tamara. Der Schluß lag nahe, Form und Farbe des Wagens drängten ihn geradezu auf. Am Steuer saß ein junger Mann, der aussah wie ein gestrauchelter Engel: traurig, ohne Fehl, mit ebenmäßigem Gesicht. Als Tamara auf den Wagen zutrat, sah er sie an. Er hatte große, dunkelgraue Augen, wie rauchfarbene Kugeln oder kleine runde Gewitterwolken. Vom Himmel eben.

«Sind Sie frei?« fragte Tamara.

»Wohin müssen Sie denn?«

»Siedlung Solnetschnyj. Vierzig Kilometer von hier.«

»Ich weiß. Steigen Sie ein.«

›Und was ist jetzt mit der Quittung?‹ dachte Tamara.

Der Engel ließ den Motor an. Der Wagen nieste und machte einen Satz nach vorn, dann besann er sich, und die Räder setzten sich holpernd in Bewegung. Sie fuhren los.

»Wie heißt Ihr Modell?« fragte Tamara.

»›Dshorik.‹«

»Wie?«

»›Dshori‹ heißt Esel. Und ›Dshorik‹ Eselchen. Ich hab ihn selbst zusammengebaut. Dafür vergöttert er mich. Es ist ein Sache, nur aus einem Haufen Blech zu bestehen, und eine andere, ein lebendiges Auto zu sein. Vergessen Sie, daß er eine Mißgeburt ist. Er hat ein goldenes Herz.«

»Und wie heißen Sie?«

»Georgij.«

»Das ist sehr lang. Ein Lied, kein Name. Wie werden Sie denn gerufen?«

»Jeder ruft mich, wie er will: Schora, Gera, Goscha, Jura, Jegor.«

»Und was hören Sie am liebsten?«

»Ich reagiere auf alle Namen.«

»Dann Jura.«

Jura ... Der Engel sah Jura Charlamow nicht ähnlich. Aber sie hatten die gleiche Art zu sprechen, zu rauchen. Auch der andere Jura hatte die Zigarette mit ausgestreckten Fingern gehalten und ein Auge zusammengekniffen wegen des Rauchs, und er hatte genauso geredet: in gleichmütigem Ton, aber innerlich lachend.

Einmal, bei einem Spaziergang durch die Stadt, hatten Jura und sie neben einem Müllhaufen einen ganz gewöhnlichen Hund entdeckt. Als sie genauer hinsahen, merkten sie, daß er früher einen Herrn gehabt haben mußte, dann aber verlorengegangen und verwahrlost war und sich aus einem Rassehund in einen Straßenköter verwandelt hatte. An das vormals edle Äußere erinnerten noch die schmale Schnauze und der lange Körper eines Collie.

Jura Charlamow hatte etwas von diesem Hund, nur umgekehrt: Er hatte das Äußere eines Straßenköters und das Innere eines Aristokraten. Jura besaß eine edle Seele und eine graue Hülle. Doch das graue Äußere trat in den Hintergrund, wenn er Tamara ansah: Dann kam seine Seele zum Vorschein, und er wurde schön ...

Dshorik, der von einem Rennwagen abstammte, war ein tiefliegender Wagen, und Tamara hatte das Gefühl, bequem, aber fast auf der Straße zu sitzen. Wenn neben ihr das große Rad eines MAS oder KRAS* auftauchte, fühlte sie sich wie Gulliver im Land der Riesen.

Bald hörten die Stadt und die Häuser aus Stein auf. Es begannen die Gärten und Hütten der Vororte.

* Bezeichnungen für sowjetische Lastwagen, die in Minsk und Krementschug/ Ukraine hergestellt werden.

Tamaras Mutter stammte aus einem ukrainischen Dorf. Vor dem Krieg hatte Tamaras Vater, damals Student an der polytechnischen Hochschule, ein Praktikum in einer Grube gemacht und war bei dieser Gelegenheit der jungen, drallen Mama begegnet. Papa war klein, ihm gefielen die Hochgewachsenen, Drallen. Er verlor ganz einfach den Verstand und nahm die Mama mit nach Leningrad in seine große, prüde Musikerfamilie. Bei Mamas Anblick verschlug es ihnen schier die Sprache, und als sie endlich wieder reden konnten, fragten sie entsetzt:

»Lewa, wen hast du da bloß angeschleppt?«

Lewa sah sich die Mama ebenfalls an und merkte, daß er unbedacht gehandelt hatte, doch nun war es zu spät. Tamaras Mutter gefielen weder Leningrad noch der Papa. Dort in der Grubensiedlung hatte sie ihren zwei Meter großen Panko zurückgelassen. Es kam mitunter zu handfesten Auseinandersetzungen, aber Papa blieb selbst in solchen Situationen der Intellektuelle, der er war: Er bewahrte einfach seine männliche Würde. Das Ganze endete schließlich damit, daß Papa gleich nach dem Krieg starb und Mama als Witwe zurückließ. Die Mutter zog nach Moskau und schickte Tamara, unter Berufung auf ihre finanzielle Situation, im Sommer in das ukrainische Dorf, in dem bis heute zwei ihrer Schwestern lebten. Die dritte Schwester war während des Krieges nach Deutschland verschleppt worden. Dort hatte sie geheiratet, und jetzt schickte sie Pakete aus München.

Tamara konnte sich noch gut daran erinnern, wie sie als kleines Mädchen in das Dorf gekommen war, in der Hütte Einzug hielt – und schon am nächsten Tag akzentfrei ukrainisch sprach, obwohl sie die Sprache nie zuvor gehört hatte. Das mußte wohl an den Genen gelegen haben. Sie fingen, zusammen mit ihrem guten musikalischen Gehör, die fremde Sprache auf, und Tamara konnte sich frei im Ukrainischen bewegen. Es war wie bei dem Entenküken, das zum ersten Mal am Ufer steht: Das geht ja auch, obwohl es noch nichts von sich weiß, einfach ins Wasser und schwimmt los.

Tamara schaute sich nach allen Seiten um. Vielleicht, dachte sie, wäre es das beste, Jura Charlamow ausfindig zu machen und hierher zu ziehen, weg von Moskau, wo man für jedes Quentchen frischer Luft aufs Land fahren und für jedes Stengelchen Grünzeug auf dem Kolchosmarkt berappen mußte. In jenem Moskauer Leben brachten die Tage keine Überraschungen mehr. In fünf Jahren würde ihr Mann ein weiteres Kunstwerk geschaffen haben, würde ihr Sohn fünfzehn statt zehn sein und sie vierzig statt fünfunddreißig. Und das wäre alles.

»Kommen Sie aus Moskau?« fragte Jura.

»Ja.«

»Und weshalb sind Sie hier?«

»Dienstlich. Ein Soldat hat seiner Schwiegermutter mit der Axt über den Kopf gehauen.«

»Sind Sie Untersuchungsrichterin?«

»Journalistin.«

»Befassen sich denn Journalisten auch mit sowas?«

»Natürlich. Bei uns in der Leserbriefredaktion sind die Wände voller Blut und Tränen.«

»Ich hab auch mal vom Journalismus geträumt. Aber dann bin ich an der Technischen Hochschule gelandet.«

»Und da hat man Sie rausgeworfen?«

»Wieso rausgeworfen? Ich bin Ingenieur.«

»Arbeiten Sie auch?«

»Natürlich.«

»Was haben Sie denn dann am Bahnhof gemacht?«

»Auf Sie gewartet. Vor und nach der Arbeit geh ich mit Dshorik einem kleinen Nebenerwerb nach. Ich will mir ein neues Auto zusammenbasteln. Dafür brauche ich Geld.«

»Das ist dann aber Schwarzgeld!«

»Wenn Sie wollen, brauchen Sie nichts zu zahlen.«

»Nein, danke«, wehrte Tamara ab.

»Und warum nicht?«

»Sie beuten Ihren Dshorik aus, investieren Zeit und Benzin. Warum sollte ich das ausnutzen?«

»Also sind sie doch ehrlich erarbeitet, meine Einkünfte?« Er heftete seine rauchfarbenen Augen auf Tamara.

»Schauen Sie nach vorn!« riet sie.

Tamara dachte an ihren Mann, der jahrelang nichts verdient hatte. Er war auf der Suche nach sich selbst gewesen. Mittels Wodka hatte er sein Ich gesucht, aber das Geld für den Wodka von ihr genommen. Sie mußte ganz allein für den Unterhalt der Familie und seine Ich-Suche aufkommen. Schließlich konnte sie dem Sohn nicht sagen: Gedulde dich! Er brauchte sein Essen, dreimal am Tag. Ihren Mann ließen diese profanen Dinge kalt. Aber eines Tages fand er sich dann. Seine Arbeit wurde anerkannt, und alle sagten: »Mensch, Alter, du bist ein Genie.« Von Tamara war dabei nicht die Rede. Es war ja auch seine Skulptur, nicht ihre. Ihr Leben glich dem Dünger in der Erde, aus der ein Rosenstrauch wächst. Wer denkt schon, wenn er die Rose betrachtet, an den Dünger? An den Kuhmist?

»Sind Sie verheiratet?« Tamara beneidete seine Frau schon im voraus.

»Nicht mehr. Ich bin geschieden.«

»Wieso?«

»Ich bastelte immer am Auto rum. Das wurde ihr zu blöd. Da ist sie zum Nachbarn gegangen. Der bewohnt die andere Hälfte des Hauses. Jetzt hab ich einen Wagen, aber keine Frau.«

»Und, bereuen Sie es?«

»Andersherum hätte ich eine Frau, aber keinen Wagen.«

»Und was ist wichtiger?«

»Die Ehefrau muß man nicht unbedingt aller Welt zeigen, aber den Wagen sieht jeder.«

Tamara merkte, daß er witzelte, doch ›in jedem Scherz steckt nur ein Körnchen Scherz‹, wie ihre Freundin Nelka zu sagen pflegte. Ein Körnchen Scherz, der Rest ist Wahrheit.

»Was macht der Nachbar?« fragte Tamara.

»Er arbeitet in einer Saftfabrik. Und macht Geschäfte nebenbei.«

»Klaut er?«

»Er riskiert«, präzisierte Jura.

»Wie konnte Ihre Frau bloß von so einem Könner weggehen? Zu einem Dieb!« sagte Tamara empört.

»Er hatte so was Gewisses ... Etwas Magnetisches. Auf seinem Grundstück flogen alle Vögel zusammen. Und auch sie ging zu ihm.«

»Wahrscheinlich hat er ihnen Futter hingestreut«, meinte Tamara.

Der Engel wandte ihr das Gesicht zu. Auf diesen Gedanken war er noch nie gekommen. Tatsächlich, die Vögel waren zum Nachbarn geflogen, weil er ihnen Graupen hingestreut hatte. Und der Frau des Engels hatte er das vom Staat ergaunerte Geld hingestreut. Alles war ganz einfach und kein bißchen mystisch.

»Schauen Sie nach vorn«, bat Tamara.

Der Engel sah wieder auf die Straße, völlig verdattert.

Den gleichen Gesichtsausdruck hatte Jura Charlamow gehabt, als er seinen Namen auf der Zulassungsliste entdeckte.

Sie hatten zusammen die Aufnahmeprüfung an der journalistischen Fakultät gemacht, Tamara aus Moskau, und Jura, der von auswärts kam. Jeden Morgen hatte Tamara von zu Hause Frühstück mitgebracht, das sie auf dem Fensterbrett ausbreiteten und gemeinsam aufaßen. Einmal hatte Tamara ungeschickt in eine Tomate gebissen, und der blutrote Saft war auf ihr schickes weißes Kostüm gespritzt. Weiter war nichts gewesen. Aus irgendeinem Grund hatte sie das behalten. Sie erinnerte sich auch noch an die Zulassung und daß er sie danach in ein Restaurant eingeladen hatte, zu Krabben mit Mayonnaise. Sie hatten jeder vier Portionen gegessen. Weiter war nichts gewesen. Dann hatte er sie das ganze Jahr über in der Straßenbahn nach Hause begleitet. Sie stiegen an der Endhaltestelle in den leeren Wagen und setzten sich nebeneinander, Tamara ans Fenster. Daß der Wagen von Halt zu Halt voller wurde, bemerkten sie gar nicht: Juras Liebe schirmte sie vor den anderen Fahrgästen ab. Jura liebte, und sie ließ sich von seinem Gefühl für sie wärmen. Sie sagte:

»Wenn du berühmt bist, heirate ich dich.«

Sie wollte die Frau eines berühmten Mannes werden, um jeden Preis. Sie wollte zur geistigen Elite gehören und an den Privilegien teilhaben, die dieser zustehen. Vor allem aber wollte sie Prestige: Alle sollten sie bewundern, ein wenig beneiden und sich an ihre Stelle wünschen. Und so kam es auch. Beim Hochzeitsbankett tranken alle auf ihre Gesundheit. Auch der Bildhauer trank. Dann gingen die Gäste nach Hause, und er schlief ein, den Kopf auf einem Teller. Sie mußte versuchen, ihn irgendwie nach Hause zu schleppen, aber ein Betrunkener ist schwer wie eine Leiche. Einfach nicht hochzukriegen. Also blieb ihr nichts anderes übrig, als ein Taxi zu holen, dessen Fahrer den Körper dann wie einen Sack mit Pflastersteinen in den Wagen hievte, vor dem Haus wieder auslud und zum Lift brachte. Da hatte sie ihr Prestige.

»Ich werde ganz bestimmt berühmt«, versprach Jura in der Straßenbahn.

Er wollte Schriftsteller oder Auslandskorrespondent werden, – egal was, Hauptsache, er gewann dadurch Tamara, die hochgewachsene und goldblonde Tamara, die aussah wie eine Baltin.

Einmal fuhren sie Mitte Juli auf die Datscha ihres Lieblingslehrers. Sie liefen durch den Wald, küßten sich. Tamara lehnte sich mit dem Rücken an die Kiefernstämme und holte sich Harzflecken auf der Bluse. Schließlich konnten sie die aufgestauten Gefühle und Wünsche nicht mehr zurückhalten und legten sich in eine Art Vertiefung im Boden, die mit Fichtennadeln bedeckt war und an ein abgesacktes Grab erinnerte. Sie umarmten sich leidenschaftlich. Tamara vermochte ihre Gefühle nicht mehr zu bremsen und war zum Letzten bereit, doch Jura liebte sie so sehr, daß es bei ihm nicht ging. Auch das war ihr im Gedächtnis geblieben. Und dann, im Spätsommer, begegnete sie ihrem Bildhauer und heiratete ihn Hals über Kopf. Ihre Kommilitonen erschauerten angesichts des Verrats. Jeder sah, daß Jura wirklich liebte, so, wie es einem nur einmal im Leben vergönnt ist. Es kränkte sie für ihn, und sie erklärten Tamara den Boykott. Jura hielt sich aus allem heraus. Er war völlig erschöpft und abgestumpft. Dann brach er das Studium ab und ging fort. Wo mochte er jetzt sein? Er hatte damals aufgehört, sie zu begleiten. Einmal hatte sie sich fiebrig gefühlt und beschlossen, nach Hause zu fahren. Sie war zu ihm hingegangen und hatte gesagt:

»Ich fühl mich nicht gut. Bring mich nach Hause.«

Jura wollte mitgehen, aber die Gruppe drängte sich schweigend, wie eine Herde, um ihn zusammen. Einer hielt ihn sogar am Ärmel fest: Geh nicht, erniedrige dich nicht! Er blieb bei ihnen. Er brachte es nicht fertig, sie vor den Kopf zu stoßen, obwohl ihm überhaupt nichts an ihrer Solidarität gelegen war.

Tamara hatte gewartet und nicht begriffen, warum er sich nicht rührte. Er aber stand da mit vor Qual blindem Gesicht und schaute irgendwo ins Leere. Tamara ging dann allein. Es ging ihr wirklich nicht gut. Der Boden wankte unter ihren Füßen, kalter Schweiß stand ihr auf der Stirn. Und so ging sie bis heute durchs Leben: allein, schwankend. Und irgendwo stand er mit genau dem Gesicht.

»Wir sind da«, sagte der Engel.

Tamara holte den Brief heraus und las die Adresse: »Chlebodarnaja Straße 8«.

Kinder sprangen auf die Straße und rannten mit fröhlichem Geschrei neben Dshorik einher. Offenbar tauchte in ihrer Siedlung nur selten ein Auto auf, und eins wie dieses nie. Ein unbekanntes Tier auf fünf Beinen. Ein Mutant.

Allen voran lief ein hellhäutiges, langbeiniges Mädchen, dessen Haare im Wind wehten und das aussah wie Tamara in ihrer Kindheit.

Aus Nummer acht kam die Mutter des Soldaten. Sie war noch nicht alt, Mitte vierzig vielleicht, aber sie hatte einen harten und sehnigen Körper, wie ein Packesel. Man sah ihr an, daß sie viel zu schleppen gehabt hatte und noch immer viel schleppte.

»Lentschik! Lentschik! Guck, da sind welche wegen Petko gekommen!« rief sie auf ukrainisch und lief in die Hütte.

Tamara sah den Engel an.

»Gehen Sie rein«, sagte er ermunternd.

»Und Sie?« fragte Tamara.

Sie wollte nicht, daß er ging.

»Ich muß zur Arbeit.« Er lächelte schuldbewußt.

»Was bekommen Sie von mir?«

»Nichts.« Er ließ seine rauchfarbenen Augen zärtlich über ihr Gesicht gleiten. »Mein Benzin – Ihre Schönheit. Alles Gute!«

Er machte kehrt und ging aufrecht davon, ohne sich noch einmal umzudrehen. Sie dachte daran, wie Jura Charlamow davongegangen war, als sie sich zum letzten Mal an der Straßenbahnhaltestelle verabschiedet hatten. Er hatte alle Gefühle fest in sich eingeschlossen, den Pfropfen draufgesetzt, und sie hatten sich unterdrücken lassen. Kommt Zeit, kommt Rat. Aufrecht, mit steifem Rücken, war er gegangen.

»Kommen Sie doch rein, mein Gott!« Die Mutter steckte den Kopf aus der Tür.

Tamara trat zaghaft ins Haus.

Die Hütte bestand aus einer Diele und einem großen Zimmer. In der Mitte des Zimmers stand ein Tisch, auf dem Melonenschalen und Brotkrumen herumlagen und eine Unmenge Fliegen saßen. Als fände ein Fliegenkongreß in der Hütte statt. Alle Fliegen der Welt schienen sich hier versammelt zu haben, noch nie hatte Tamara so viele auf einmal gesehen.

Auf einem großen Diwan an der Wand, die Bettdecke unter sich, lag Lentschik. Als er die beiden bemerkte, richtete er sich auf. An seinem blöden Blick konnte man ablesen, daß er nicht begriff, was los war. Vielleicht hatte er nicht richtig ausgeschlafen, aber warum lag er dann in Hosen auf der Bettdecke? Vielleicht war er aber auch schon aufgestanden, hatte Melone und Brot gegessen und sich dann wieder hingelegt. Lentschik wirkte gesund, er hatte ein glattes Gesicht und sah jünger aus als seine Frau. Offensichtlich zog sie den Karren, und er trieb sie an.

»Da ist jemand wegen Petko gekommen«, sagte Petkos Mutter unterwürfig. Sie sprach weiter Ukrainisch. Lentschik erhob sich, machte ein offizielles Gesicht und trat an den Tisch.

»Also ...«, begann Lentschik bedeutungsvoll. Tamara fiel auf, daß er unterschiedliche Augen hatte: ein blaues und ein braunes. Manchmal erlaubt sich die Natur solche Launen, oder vielleicht auch: solchen Pfusch.

Lentschik begann zu erzählen, wobei er vom Russischen immer wieder ins Ukrainische verfiel. Petkos Mutter ließ kein Auge von seinem Gesicht und nickte leicht zu seinen Worten. Offenbar galt Lentschik als das Zentralhirn der Familie. Sogar der ganzen Siedlung. Später stellte sich heraus, daß er Wächter im Lagerhaus war.

Die Sache jedenfalls war die: Petko hatte nach Wissen gestrebt wie die Sonnenblume zur Sonne, hatte die achte Klasse beendet und war in die Kolchose arbeiten gegangen. Das wußte Tamara schon aus dem Brief. Dann hatte er Lidka geheiratet, ein Mädchen aus seiner Straße, mit dem er zur Schule gegangen war. Petko war zu Lidka und den Schwiegereltern gezogen. Aber Lentschik hatte aktiv am Aufbau der Familie mitwirken wollen: »Ich dachte mir, ich stell ihnen eine Scheune hin, grab ihnen einen Brunnen aus ...« Lentschik hob beständig seine Anteilnahme an Petkos Schicksal hervor. Das kam Tamara verdächtig vor.

»Sind Sie sein Vater oder sein Stiefvater?« fragte sie.

»Er ist nicht sein leiblicher Vater«, mischte sich die Mutter ein. »Sein Vater ist tot. Die Kuh war schuld.«

»Hat sie ihn aufgespießt?« fragte Tamara verwundert.

»Nein, wieso? Wir haben sie verkauft, haben Wein dafür gekauft. Zwei Kisten. Und dann ist er eben gestorben.«

»Ach so...« Also der Wein und nicht die Kuh war schuld.

»Ist doch egal«, griff Lentschik ärgerlich ein. »Er lebt nicht mehr, und Schluß.«

»Sie haben also einen Brunnen ausgehoben. Und dann?«

»Dann kam das Kind. Ein Mädchen. Und Lidka sagt zu ihm: Geh nach Hause, ich brauch dich nicht mehr. Petko kam zu uns. Wenn ein Kind da ist, sag ich, muß man zusammenleben. Er also wieder zu Lidka. Aber sie sagt: Du bist ein Schuft, geh mir aus den Augen. Und er kam wieder zu uns. Und so immer hin und her, bis er zur Armee kam. Was weiter war, wissen Sie.«

Warum Petko im Gefängnis gelandet war, war Tamara noch immer nicht klar. Sie wollte gerade danach fragen, als sich die Tür öffnete und der Engel eintrat. Er nahm sich einen Stuhl und setzte sich neben Tamara, als wäre es das Selbstverständlichste von der Welt.

»Und Ihre Arbeit?« fragte Tamara.

»Ich hab mir gedacht, Sie wissen ja gar nicht, wie Sie zurückkommen sollen«, antwortete der Engel.

»Und Ihre Arbeit?« wiederholte Tamara.

Jura zog die Augenbrauen hoch, breitete die Arme aus: Was soll man da machen? Sein Gesicht drückte aufrichtiges Bedauern über den verbummelten Tag aus.

»Soll ich es dem Genossen noch mal erzählen?« fragte Lentschik.

»Ja, bitte«, sagte Jura.

Lentschik wiederholte die Geschichte mit denselben Worten und denselben Pausen, und Tamara ging auf: Er hatte das alles schon oft erzählt und auswendig gelernt und dabei jedesmal seine mustergültige Fürsorge für den Stiefsohn herausgestrichen. Aber auch diesmal blieb unklar, wie Petko ins Gefängnis gekommen war.

»Was wissen Sie über das Auto?« fragte Tamara.

»Welches Auto denn? Wo ist denn hier ein Auto?« erwiderte die Mutter aufgeregt. »Er hat das Auto nicht mal gesehen. Und die Schwiegermutter sagt: Du hast es vertrunken. Gib uns das Geld für die Hälfte des Wagens. Aber wo ist das Geld? Na, und da hat er sie zum Teufel gejagt.«

»Mit der Axt?« fragte Tamara.

»Gehn Sie doch hin und gucken Sie selbst. Die ist gesund wie ein Pferd...«

»Wo wohnt sie?«

Ein Mädchen betrat die Hütte, dasselbe, das hinter dem Wagen hergelaufen war. Es schmiegte sich an Lentschik.

»Ich hab sie gesehen«, sagte es auf ukrainisch.

Tamara kombinierte, daß dies Lentschiks Tochter war.

»Bring sie zu Lidka«, bat die Mutter. »Sie zeigt Ihnen den Weg.«

Das Mädchen errötete vor Freude und ging raus. Tamara und Jura folgten ihr.

»Ich hab überhaupt nichts begriffen«, gestand Tamara.

»Was gibts da groß zu begreifen?« fragte Jura verwundert. »Er wurde einfach von niemandem gebraucht.«

»Schicken Sie Petko nach Hause zurück?« fragte das Mädchen.

»Wie stehst du denn zu ihm?«

»Er ist mein Bruder.«

»Vermißt du ihn sehr?«

»Er hat immer mit mir geredet.«

Jura übersetzte das letzte Wort ins Russische. Dann ging er mit federndem Schritt, wie ein Basketballspieler, zum Auto. In seinem Gang lag die Zuversicht der Jugend und des Lebens, und auf einmal schien es möglich, daß sich alles irgendwie regeln würde, in Tamaras Leben wie auch in Petkos.

Tamara war Jura dankbar dafür, daß er sie begleitete. Sie beschützte, gleichsam vor der ganzen Straßenbahn abschirmte. Sie hatte völlig vergessen, wie es ist, abgeschirmt zu werden. Der Bildhauer war im Grunde wie ein zweiter Sohn, dazu ein schwieriger und kranker. Und ihre Mutter wurde zunehmend vergeßlich und kindisch. So stand sie, genau betrachtet, allein mit drei Kindern da. Hier dagegen ging jemand voraus, öffnete ihr die Wagentür und übersetzte ihr unbekannte Wörter. Tamara kam sich vor wie in ihrer Jugend, in der es keine Neurose gegeben hatte, sondern nur einen schwebend leichten Körper voll überschäumender Energie und die Erwartung, jede Minute könnte das Glück kommen.

Petkos Frau hieß Lidija. Sie hatte kleine, schwarze Augen, wie Melonenkerne. Ihre Figur glich der Zahl Acht: zwei Kreise übereinander, der untere größer.

Lidija stand vor dem Haus und beäugte den näherkommenden Wagen mißtrauisch.

Die Kleine sprang als erste aus dem Dshorik.

»He, Lidka«, schrie sie, »weißt du noch, wie du mich weggejagt hast?«

»Wann hab ich dich weggejagt?« Lidka war ehrlich erstaunt.

»Ich war bei euch und wollte mit Tonetschka spazierengehen, und da hast du zu mir gesagt: Geh zum Teufel!«

»Wieso hab ich dich weggejagt?« fragte Lidka noch einmal erstaunt.

Für das Mädchen war Lidka eine Feindin, und jetzt, so meinte es, brachte es ihr die gerechte Vergeltung. Petko würde freigelassen und Lidka eingesperrt. Dem Kind konnte es gar nicht schnell genug gehen mit seiner persönlichen Abrechnung.

»Ich komme von der Zeitung.« Tamara holte ihren Dienstausweis hervor.

Sie holte ihn bloß pro forma hervor, denn normalerweise glaubte man ihr aufs Wort. Doch Lidka streckte die Hand aus, nahm den Ausweis und inspizierte ihn gründlich: verglich vor allem das Foto mit dem Gesicht vor ihr. Wie beim Zoll. Nachdem sie sich von der Echtheit des Dokuments überzeugt hatte, sagte sie trocken: »Bitte kommen Sie herein.« Auch sie sprach mit Tamara ukrainisch.

In der Kate war es sauber, überall prangten Tüllgardinen und bestickte Kissenbezüge. Lidka war offenbar keine schlechte Hausfrau.

Am Tisch saß ein etwa fünfjähriges Mädchen: Petkos Tochter. Sie malte mit Buntstiften Bilder aus. Die Eintretenden musterte sie gleichgültig.

»Geht vor die Tür!« befahl Lidka den beiden Mädchen.

Die Größere packte die Jüngere, nahm sie hoch und trug sie aus der Kate. Die Kleine wand sich in ihren Armen wie eine Kakerlake.

»Du mußt mir gehorchen, ich bin deine Tante!«

Tamara hatte schon begriffen, daß die beiden miteinander verwandt waren: Sie waren Nichte und Tante. Wobei die Tante vielleicht drei Jahre älter war als ihre Nichte.

Lidka schob Tamara und Jura Stühle hin. Sie selbst blieb stehen, wie um darauf hinzuweisen, daß die Besucher sich kurz zu fassen hätten und sie nicht gewillt war, ins Detail zu gehen. Lidka war nicht hübsch und wollte nicht gefallen. Vielleicht war es ihr unangenehm, daß Außenstehende Einblick in ihr Haus und ihre Seele nahmen.

»Verzeihen Sie«, begann Tamara schuldbewußt, »wäre es Ihnen wohl möglich, uns zu erzählen, wie alles passiert ist?«

»Was alles?« fragte Lidka nach.

»Warum Ihr Mann eingesperrt wurde?«

»Nicht ich hab ihn eingesperrt. Das war das Gericht.«

»Ich weiß. Aber... am Tag des Verbrechens, was geschah da genau?«

»Na ja, wir hatten uns am Abend vor den Fernseher gesetzt, es lief ›Vier Panzersoldaten und ein Hund‹. Da kam Slawik mit einer Flasche an.«

Tamara verstand das ukrainische Wort für Flasche nicht und wandte sich hilfesuchend an Jura.

Lidka wiederholte es selbst auf russisch. »Petko sagte: Gib uns was zu essen dazu. Und ich: Das ist hier keine Kantine. Jedenfalls, dann tranken sie. Und später sagte Slawik: Ich bleib über Nacht bei euch. Und ich: Das ist hier kein Hotel. Dann gingen sie weg. Danach kam Petko wieder und haute die Mutter um.«

»Mit der Axt?« fragte Jura.

»Ja, mit der Axt.«

In diesem Augenblick fingen die Kinder draußen zu kreischen an, offenbar im Streit. Ein Hund bellte. Dann war ein schriller Schrei zu hören, der die Kinderstimmen und das Bellen übertönte. Und dann betrat, energischen Schrittes, Lidkas Mutter die Kate: eine kräftige alte Frau, breit wie ein Schrank.

»Von der Zeitung«, erklärte Lidka ihr trocken.

Sofort neigte die Mutter den Kopf zur Seite und setzte eine gewinnende Miene auf.

»Ich heiße Kristina.« Sie sang die Worte auf einer Note, wie im Kirchenchor.

»Verzeihen Sie, *Sie* hat der Schwiegersohn mit der Axt geschlagen?« fragte Jura verblüfft.

»Ich erinnere mich an nichts«, antwortete Kristina in ihrem merkwürdigen Sprechgesang. »Er hat mich geschlagen, ich erinnere mich an nichts.«

Kristina starrte vor sich hin, ganz und gar armes Opfer, das sein Gedächtnis verloren hat. Doch Tamara entging ihr scharfer, alles registrierender Vogelblick nicht. Unter anderen Voraussetzungen wäre eine ganz gute Charakterdarstellerin aus ihr geworden. Tamara wollte ihr noch ein paar Fragen stellen, aber sie spürte, daß es sinnlos war. Kristina machte keine Anstalten, aus ihrer einmal gewählten Rolle zu fallen. Tamara wandte sich wieder an Lidka.

»Hier im Brief steht, daß Sie Ihren Mann vergiften wollten, daß er das Essen aber dem Hund gegeben hat und der Hund dann vergiftet wurde.«

»Welcher Hund denn?« fragte Lidka und schaute Tamara mit ungeheucheltem Erstaunen an.

»Das weiß ich nicht«, sagte Tamara. »Deshalb frage ich Sie ja.«

»Welcher Hund denn?« wiederholte Lidka im gleichen Tonfall.

Es war deutlich, daß in diesem Haus nicht mehr zu erreichen war.

Tamara stand auf.

»Und welche Rolle hat der Wagen gespielt?« fragte Jura. Ihn als Autofahrer interessierte vor allem der Wagen. »Hat er ihn gewonnen?«

»Was denn sonst. Es stand doch in der Zeitung. Die Zeitungen lügen doch nicht. Die Presse doch nicht!«

»Er hat ihn verkauft und vertrunken«, ließ sich Kristina vernehmen. Der Wagen war offenbar ihr wunder Punkt. Dazu konnte sie nicht schweigen.

»Möchten Sie, daß er vorzeitig freikommt?« fragte Tamara.

Die Frauen antworteten nicht. Sie fürchteten, Petko könnte, wenn er entlassen würde, zurückkehren und sie beide ›umhauen‹.

»Ich weiß nicht«, sagte Lidka. »Wie das Gericht entscheidet, so soll es sein.«

Der Kolchosvorsitzende war in seinem Büro. Er wunderte sich, daß wegen einer so banalen und eindeutigen Geschichte extra eine Journalistin aus Moskau angereist kam.

»Ist er Ihrer Meinung nach zu Recht verurteilt worden?« fragte Tamara.

»Absolut!« Der Vorsitzende sprach Russisch. »Seine Frau hat ihn so weit gebracht, absolut richtig, aber unser

Land ist schließlich groß. Such dir woanders ein stilles Eckchen und geh friedlich deiner Arbeit nach. Wenn jeder bei uns gleich nach der Axt greifen wollte, würden die Äxte bald nicht mehr ausreichen.«

»Und was war das für eine Geschichte mit dem Auto?« fragte Jura.

»Das hat er nicht gewonnen. In seine Einheit kam ein Reporter und fragte nach den neuesten Neuigkeiten bei der Gefechtsausbildung und der Politschulung. Und da hat Petko sich hingestellt und erzählt, er hätte einen Moskwitsch gewonnen. Reine Erfindung.«

»Er hat gelogen?« fragte Jura verwundert.

»Ja, sicher.«

»Warum?«

»Weil er ein Dummkopf ist«, sagte der Vorsitzende. »Und jetzt sitzt er für seine Dummheit ein.«

»Hat der Reporter das denn nicht überprüft?« fragte Tamara erstaunt.

»Er kam gar nicht darauf, daß Petko lügen könnte. Erfindet man etwa sowas? Er hat's geglaubt, und Schluß.«

»Und woher wissen Sie das?«

»Es gab doch einen Schauprozeß. Ein Gericht aus der Stadt war da. Die ganze Siedlung kam hin, und der Reporter war als Zeuge geladen.«

»War Petko ein guter Arbeiter?« fragte Tamara.

»Zuerst, nach seiner Rückkehr von der Armee, ja. Aber dann kam er zunehmend herunter, rasierte sich nicht mehr, schlief beim Vieh im Stall. Was ist los mit dir? hab ich gefragt. Und er: Ich kann so nicht weiterleben.

Helfen Sie mir. Also hab ich Lidka und ihn zusammen zu mir bestellt, hab gesagt: Ihr seid noch jung, keine schlechten Menschen, wieso könnt ihr euch nicht zusammenraufen? Darauf Lidka: Erst will ich das Geld für den halben Wagen sehen, das er versoffen hat. Da hab ich sie rausgeworfen, und zu ihm hab ich gesagt: Komm mir bloß nicht wieder mit deiner Frau, sonst rutscht mir noch was raus. Aber was reden wir eigentlich über die beiden. Kommen Sie mit, ich zeig Ihnen mal unsere Glashäuser, und unsere Melker. Oder Wadim ...«

»Wadim, wer ist das?« fragte Tamara.

»Ein Stier. So einen gibt's nicht mal in Spanien. Wenn Sie den in die Arena schicken, der zerreißt Ihnen die Toreros allesamt in der Luft.«

»Ein andermal«, lächelte Tamara. »Wir wollen noch zum Gericht in der Stadt, um die Akte einzusehen.«

»Wozu?« fragte der Vorsitzende erstaunt. »Es ist doch alles klar.«

»Wir müssen auf den Brief reagieren«, erklärte Tamara.

»Auf welchen Brief?«

»Den von Petko.«

»Auch das noch: halb Moskau da reinzuziehen! Wenn man schon so dumm ist, soll man die Sache auch allein ausbaden. Und nicht noch andere Leute von der Arbeit abhalten.«

Im Hof des Verwaltungsgebäudes lungerte ein Mann herum. Wie es aussah, ein Wahrheitsfanatiker. Oder einfach nur ein Klatschbruder? Vielleicht war er auch beides; Wahrheit und Klatsch lassen sich ja oft kaum trennen.

Trotz der Hitze trug er schwarze Flanellhosen und ein Jackett.

Der Klatschbruder trat auf Tamara zu, stach ihr mit seinen ausgestreckten harten Fingern in die Seite und verkündete hastig, als fürchtete er, sie könnte ihn nicht ausreden lassen, Lidka sei eine Nutte und liebe Petko nicht. Das wisse die ganze Siedlung. Sie habe Petko geheiratet, um Wasko, mit dem sie »seit ewig« gegangen sei, eins auszuwischen.

»Seit ewig – das ist wie lange?« fragte Tamara.

Der Mann überging die Frage. Er wollte seinen Gedankengang zu Ende bringen. Offenbar kannte er das schon, daß man ihm das Wort abschnitt, und wappnete sich dagegen durch pausenloses Reden.

Wasko hatte Lidka die Ehe versprochen, es sich dann aber anders überlegt und war in die Stadt gezogen. In der Stadt gab es Mädchen mit Dauerwellen und manikürten Fingernägeln. Was brauchte er da Lidka! Da heiratete Lidka Petko, um es Wasko heimzuzahlen, der sich nicht als Mensch, sondern als Schuft erwiesen hatte. Nach der Hochzeit allerdings tauchte Wasko wieder auf. Die alte Liebe rostet nicht. Petko kam zur Armee, und dort tischte er dem Reporter seine Lüge auf.

»Weshalb?« fragte Tamara.

Der Klatschbruder erklärte hastig, die Samussenkos, also Lidka und ihre Mutter, seien so habgierig, daß sie für eine Kopeke selbst einem Hasen nachrennen würden. Und hier ging es um ein ganzes »Automobil«! Petko hatte sich Lidkas Liebe erkaufen wollen. Petko plus Auto, das war etwas anderes als Petko allein. Als er aber ohne »Automobil« kam, fragte die Schwiegermutter: Schwiegersohn, wo ist dein Wagen? Sie hatten sich schon so an die Vorstellung gewöhnt, einen Wagen zu haben, daß sie sich von Petko einfach bestohlen fühlten. Also machten sie ihm das Leben zur Hölle, und Petko haute die Schwiegermutter um. Dann bekam Wasko es mit der Angst zu tun und verschwand. Nun aber, nachdem sie Petko hinter Gitter gesteckt hatten, lebte er bei Lidka, stationär.

»Und wo ist er jetzt?« fragte Tamara erstaunt.

»Na ja, äh... Petko hätt lieber ihn umhauen sollen als die Schwiegermutter. Wozu die Schwiegermutter? Das hat er jetzt davon... Die Schwiegermutter, die ist gesund und munter, Lidka ist mit Wasko zusammen, und Petko sitzt im Knast.«

»Tut er Ihnen leid?« fragte Tamara.

»Was denn sonst! Elf seiner schönsten Jahre, hols der Henker. Wegen dieser Nutte, mein Gott...« fluchte er im schönsten Ukrainisch.

Eine Frau im ärmellosen Kattunkittel kam über den Hof, packte den Klatschbruder am Kragen und zog mit ihm ab wie mit einem Halbwüchsigen. Für ihn war dieser Zusammenstoß offenbar nichts Neues. Er trippelte gehorsam hinter ihr her.

Der Wahrheitsfanatiker, dämmerte es Tamara, hatte nicht der Wahrheit zu ihrem Recht verhelfen, sondern sich einfach etwas dazuverdienen wollen. Aber das hatte nicht geklappt.

Schweigend fuhren sie nach Dnepropetrowsk zurück. Tamara war müde und hungrig, und Jura grübelte vor sich hin. Das fremde Leid, in das sie eingetaucht waren, haftete gleichsam an ihrer Haut und ihrer Kleidung und ließ sich nicht abschütteln. Bis jetzt hatte sich folgendes Bild ergeben: Wasko war, nach dem, was Tamara verstanden hatte, ein Schuft. Er hatte die hemmungslose Liebe der Nachbarstochter ausgenutzt, die schon mit fünfzehn, sechzehn hinter ihm her war. Heiraten aber wollte er die Tochter von Onassis. Immerhin hatte sich ein Russe die junge Millionärin geangelt, warum also sollte er's nicht auch versuchen? Millionärinnen jedoch waren in Dnepropetrowsk dünn gesät, und Wasko kehrte in die Siedlung zurück. Möglich auch, daß die alte Liebe nicht gerostet war, wie der Wahrheitsfanatiker es ausgedrückt hatte. Nun befand Lidka sich in einer Zwickmühle. Sie wollte daraus ausbrechen, indem sie Petko hinauswarf. Doch Petko ließ sich nicht so leicht hinauswerfen. Er legte seinen Trumpf auf den Tisch: das Auto, das er einfach erfunden hatte. Indes: Eine Lüge zieht andere nach sich. Auch Petko befand sich in der Zwickmühle. Er wollte aus ihr ausbrechen, indem er mit der Axt zuschlug. Und brach damit geradewegs ins Gefängnis ein.

»Auch hier also war's die Liebe«, sagte Tamara. »›Cherchez la femme!‹«

»Cherchez – den Wodka!« korrigierte Jura.

»Wie meinen Sie das?«

»Lidka hat ihm doch nichts zu essen gegeben. Hat gesagt, ihr Haus wär keine Kantine. Also tranken er und Slawik auf nüchternen Magen, und er wurde betrunken und griff nach der Axt. – Und die Erbanlagen waren auch nicht die besten.«

»Wie meinen Sie das?«

»Sein Vater ist am Wodka krepiert! Hat die Kuh verkauft und zwei Kisten rangeschafft. Sohn eines Alkoholikers und selbst ein Säufer – was kann man da erwarten?«

»Darum geht es nicht«, widersprach Tamara.

»Doch, darum auch. Fünfundzwanzig Prozent aller Verbrechen werden in betrunkenem Zustand verübt.«

Jura stoppte Dshorik vor einem kleinen Laden, stieg aus und kam bald darauf mit Brot, Schafskäse und zwei Bechern Dickmilch zurück.

Sie aßen schweigend. Noch nie im Leben hatte Tamara so köstliches Mischbrot gegessen, so frischen, nach Milch duftenden Schafskäse. Sie aß überhaupt am liebsten Schafskäse, tat ihn in die Suppen, ans Gemüse, an die Makkaroni. Wie Jura das hatte erraten können, war ihr unbegreiflich. Andererseits begriff sie es schon: Ihm war eben nicht alles egal. Er fühlte sich in sie ein, erfaßte und erspürte alles im voraus. Hätte irgend jemand sich so viele Gedanken über Petko gemacht, dann wäre nicht passiert, was passiert war. Doch Petko wurde von niemandem gebraucht. Zuerst hatte Lidka ihn benutzt, um mit Wasko abzurechnen. Dann kam der gleichgültige Stiefvater, der seine eigene Familie hatte. Oder vielleicht kam auch der gleichgültige Stiefvater zuerst. Weiter: Der gleichgültige Reporter, der sich einen Dreck aus seiner Arbeit und seiner Zeitung machte. Er hätte sich zumindest das Lotterielos zeigen lassen müssen, hatte es aber nicht getan. Der Kolchosvorsitzende, der sich nicht mit der Habgier der Samussenkos befassen wollte, weil er auch so genug am Hals hatte. Nur die Mutter und die kleine Schwester liebten Petko, aber sie hatten kein Mitspracherecht. Petko geriet unter die Räder der Gleichgültigkeit. Es gab so viele Mitschuldige an dem Verbrechen, aber sie wurden nicht verurteilt und bekamen keine Haftstrafen, ja, sie ahnten nicht einmal, daß sie mitschuldig waren.

»Der ist erledigt«, sagte Jura. Offenbar ging ihm Petko nicht aus dem Kopf.

»Er wurde erledigt«, korrigierte Tamara. »Allein wäre er nicht so weit gegangen.«

»Intellektuelles Gerede.«

»Was?«

»Ich hasse sie«, sagte Jura leise und bestimmt. »Vor kurzem kam mir auf einer Brücke so eine Gruppe von Petkos und Slawiks entgegen. Und ich wußte nicht: Stoßen sie mich jetzt runter oder nicht? Ich kann nicht schwimmen.«

Tamara stellte sich den zerbrechlichen, gestrauchelten Engel auf der schmalen Brücke vor. Unten blitzt, wie in einem Abgrund, das Wasser auf. Und vor ihm die unberechenbaren, verlotterten, hirnlosen Rowdys. Einen Menschen von der Brücke zu stoßen, erfordert keine besondere Kraft. Man geht einfach geradewegs auf ihn zu, ohne auszuweichen. Eine kaum merkliche Schulterbewegung, und weg ist er.

Sie waren beim Gerichtsgebäude angelangt.

»Ich warte im Auto auf Sie«, sagte Jura. »Ich bin müde. Ich hab genug von Ihrem Soldaten.«

»Er ist eher Ihr Soldat«, entgegnete Tamara und stieg aus.

Der Richter blickte vor sich hin auf den Tisch. Es kränkte ihn, daß eine Vertreterin der Presse seine Arbeit überprüfte. Das hieß ja wohl, daß sie ihm mißtraute. Er war auf der Hut.

Tamara blätterte in der dicken Akte. Der Artikel über die ›Soldatenfreuden‹ war darin abgeheftet, kein Wort dagegen fand sich über den vergifteten Hund. Dieses Detail spielte offenbar nur für Petko eine Rolle. Und wo war der Hund überhaupt? Über Wasko ebenfalls kein Wort. Tamara las das Urteil. Der Soldat war wegen vorsätzlichen Totschlags verurteilt worden. Er hatte also nicht im Affekt gehandelt. Er war von Lidka aus zu sich nach Hause gegangen, hatte die Axt geholt, sie unter die Jacke gesteckt und war zurückgegangen. Der Weg führte durch das ganze Dorf, so daß genug Zeit war, wieder nüchtern zu werden und zur Besinnung zu kommen. Petko indes war fest entschlossen, Lidka umzubringen. Doch als er das Haus betrat, saß Lidka auf der Toilette; die erste, die herauskam, war die Schwiegermutter, und der Schlag traf ihren Kopf und nicht Lidkas. Der Kopf der Schwiegermutter erwies sich als hart, und sie überlebte. Das Schicksal hatte eingegriffen; nicht Petko, sondern das Schicksal hatte sich der Schwiegermutter erbarmt. Das Verbrechen ereignete sich im übrigen im Beisein von Petkos Tochter, die die Tat des Angeklagten voll erfaßte. Sie kreischte vor Entsetzen, und Petko sperrte sie in einen Schrank. Daß er die Tat in Anwesenheit des minderjährigen, aber durchaus schon verständigen Mädchens begangen hatte, erschwerte das Verbrechen noch.

Tamara legte das Urteil beiseite. Ihr war jetzt alles klar.

Petko hatte sich in seinem Brief als Opfer eines Mißverständnisses dargestellt: Die Presse hatte ihn mit der Veröffentlichung der unwahren Geschichte ins Gefängnis gebracht. Nun sollte sie ihn auch wieder herausholen. Er aber, der arme Sklave der Liebe, saß für nichts und wieder nichts im Knast und schrubbte eimerweise Kartoffeln in eiskaltem Wasser ab.

»Erinnern Sie sich an ihn?« fragte Tamara den Richter.

»Ja«, erwiderte der Richter einsilbig.

»Und was für einen Eindruck hat er auf Sie gemacht?«

»Keinen besonderen.«

»Wie meinen Sie das?«

»Ein beschränkter Mensch.«

»Sie hatten also nicht den Eindruck, daß er seelisch litt?«

»Hier leiden sie doch alle seelisch.«

Der Richter war genausowenig gesprächsbereit wie Lidka. Für ihn war die Sache völlig klar.

»Aber finden Sie elf Jahre nicht sehr hart? Immerhin hat die Schwiegermutter doch überlebt.«

»Hart? Ja sicher! Ein Zuckerschlecken ist es bestimmt nicht. Aber solche Leute sind Unkraut. Sie müssen ausgemerzt werden.«

»Was heißt das, ausgemerzt werden?« fragte Tamara erstaunt.

»Na, wozu sind sie denn gut?«

»Alle diese Leute sind doch Menschen. Jeder Mensch ist ein Mensch.«

»Der da ist keiner. Und die anderen sind auch keine.«

»An Sie würde ich nicht gerne geraten«, gestand Tamara.

»Sie geraten ja auch nicht hierher.«

Er lächelte. Er hatte schöne Zähne und ziemlich gute Umgangsformen. Mit seinem schmalen Gesicht, seiner Blässe und seinem akkuraten Äußeren erinnerte er an einen Deutschen. Ein Nazi, dachte Tamara, und plötzlich wollte sie nur noch raus, auf die Straße, zu Dshorik, dem sie sich verwandt fühlte. Die im Büro des Richters verbrachte Zeit kam ihr endlos vor, ohne Schlußpunkt.

Tamara verabschiedete sich und ging. Auf dem Flur begann sie zu laufen. Sie rannte die Treppe hinunter wie eine Abiturientin, die die Aufnahmeprüfung an der Hochschule gemacht und eben ihren Namen auf der Zulassungsliste entdeckt hat. Jugendliche Energie, grundlose Freude und Hoffnung erfüllten sie. Nicht mehr lange, so schien es, und es würde sich ein Ausgang aus dem Laufrad finden. Sie lief ihrem Ausstieg entgegen.

Mit Petko war alles klar. Auch diese Klarheit wirkte befreiend. Petko blieb hinter ihr zurück, und mit ihm die Siedlung.

Jura stand neben Dshorik und unterhielt sich mit einem jungen Mädchen. Das Mädchen hatte eine Unmenge hellblonder Löckchen, wie ein seidiges Schäfchen.

Tamara blieb stehen. Ihre grundlose Freude verging und machte Müdigkeit Platz. Jura, so stellte sich heraus, hatte bis zu diesem Tag sein eigenes Leben gelebt, und das Mädchen war Teil seines gestrigen Tages. Aus irgendeinem Grund war Tamara davon überzeugt gewesen, daß er vor ihr überhaupt nicht gelebt hatte. Aber er hatte. Er war geliebt worden und wurde auch jetzt geliebt, von diesem zarten und heiteren Schäfchen ohne belastende Vergangenheit, das wunderbar zu ihm paßte. Tamara hingegen ... – was hatte sie erwartet: Frau eines Alkoholikers, ein Hamster im Laufrad?

Jura bemerkte Tamara. Er verabschiedete sich von dem Schäfchen, das auf seinen kleinen Hufen zur anderen Straßenseite davonklapperte, im kurzen Kleid, mit Beinen, gerade wie Makkaroni.

Tamara kam sich vor wie ein Gummispielzeug, aus dem man den Stöpsel herausgezogen hatte. Die ganze Luft war raus. Am liebsten hätte sie sich auf die Straße gesetzt.

»Was ist los?« fragte Jura besorgt und trat auf sie zu.

»Nichts. Alles in Ordnung.«

»Was ist in Ordnung?«

»Fahren Sie mich ins Hotel«, bat Tamara.

Sie stiegen ins Auto. Tamara verhielt sich distanziert, ja mehr als das, beziehungsweise weniger: Sie verhielt sich feindselig.

»Was ist los mit Ihnen?« Jura nahm ihre Hand.

»Nichts. Ich bin müde.«

»Und das ist alles?«

»Ja.«

»Und Sie meinen, Ihre Müdigkeit ist ein ausreichender Grund für ...«

»Wofür?«

»Schon gut. Ich bring Sie ins Hotel.«

Nun war er verletzt. Während der Fahrt saßen sie nebeneinander wie zwei Fremde.

Ganz Dnepropetrowsk feierte den Jahrestag des Komsomol, und die Hotels quollen über von Komsomolzen der zwanziger, der dreißiger Jahre und so fort bis hin zu den siebzigern. Es gab keine Zimmer mehr, keine Möglichkeit zu übernachten. Abreisen konnte Tamara aber auch nicht, denn am nächsten Tag hatte sie noch einen Termin mit dem Reporter, dem Verfasser der »Soldatenfreuden«. Da sie in Dnepropetrowsk keine Bekannten hatte, blieb nur eins: zum Bahnhof gehen und die Nacht im Wartesaal verbringen.

»Ich kann Sie zu mir einladen«, sagte Jura ein wenig förmlich. »Ich habe ein Klappbett.«

Tamara schwieg.

»Was ist los?« drängte Jura leise. Seine rauchfarbenen Augen glitten fragend über ihr Gesicht.

Was sollte sie sagen? Für sie war er zugleich dieser und jener erste Jura. Sie konnte sich nicht vorstellen, daß der erste Jura eine andere an ihrer Stelle hatte. Ersetzt werden zu Lebzeiten! Das war, als sähe man sich selbst im Sarg liegen. Wie ließ sich darüber sprechen?

Tamara schwieg.

Jura wohnte am Stadtrand in einem länglichen Doppelhaus aus Holz. Das Haus war ein Privatbau und hatte Juras Eltern gehört. Offenbar war in schlechten Zeiten die eine Hälfte verkauft worden, und nun lebte der Nachbar darin, zu dem alle Vögel geflogen kamen und der Jura die Frau ausgespannt hatte. Jede Hälfte hatte ihren eigenen Eingang, aber bestimmt begegnete Jura seiner Frau oft auf dem Hof.

Sie gingen hinein. Drinnen gab es zwei Zimmer und eine Küche. Jura ging als erstes in die Küche und setzte Wasser auf. Tamara sah sich die Zimmer an. In dem einen standen ein Tisch und ein Stuhl, im anderen das Klappbett.

»Es ist geräumig bei Ihnen«, bemerkte Tamara.

»Meine Frau hat alle Möbel mitgenommen. Und das ganze Geschirr«, erklärte Jura schlicht.

»Und wovon essen Sie? Von der Zeitung?«

»Wieso? Einen Teller und eine Gabel hab ich. Gleich gibt's Abendbrot.«

Er holte selbstgemachte Wurst, frisch eingelegte, fingergroße Salzgürkchen und Tomaten von der Größe kleiner Melonen aus dem Kühlschrank. Dazu eine Flasche Wein.

»Woher haben Sie das alles?« fragte Tamara verblüfft.

»Das hat meine Mutter gestern gebracht.«

»Und wo lebt Ihre Mutter?«

»Sie wohnt im Zentrum. Sie hat vor einem Jahr wieder geheiratet und ist zu Ihrem Mann gezogen.«

»Wie alt ist sie?«

»Fünfzig. Siebzehn Jahre älter als ich. Es ist schön, sie glücklich zu sehen.«

Also war Jura dreiunddreißig, rechnete Tamara nach. Zwei Jahre jünger als sie.

»Sie hatten zusammen studiert. Die erste Liebe. Dann trennte sie das Leben, und jetzt hat es sie wieder vereint«, faßte Jura die Lebensgeschichte seiner Mutter zusammen.

Tamara dachte bei sich: Die Liebe kennt nicht allzu viele Varianten. Deshalb wiederholen sich diese Varianten auch so häufig, nur mit jeweils anderen Menschen.

Unterdessen kochte das Wasser. Jura nahm eine Schüssel, goß das heiße Wasser hinein und fügte kaltes hinzu.

Tamara saß auf einem Schemel und schaute ihm schweigend zu. Jura stellte die Schüssel vor ihre Füße, kniete sich hin, zog ihr die Schuhe aus und hob ihre Füße in die Schüssel. Das Wasser war kühl.

»Was haben Sie vor – wollen Sie mir die Füße waschen? Und dann das Wasser trinken?« fragte Tamara.

»Nein, ich trinke das Wasser nicht. Aber passen Sie auf, Ihre Müdigkeit ist gleich wie weggeblasen. Und morgen bekommen Sie einen kalten Guß mit Brunnenwasser.«

»Auf keinen Fall. Ich habe Ischias.«

»Ischias wird mit Kälte behandelt.«

Er massierte ihre Fußsohlen mit seinen kräftigen und zugleich behutsamen Händen. Tamara war überhaupt nicht befangen. Zwischen sie und Jura war das Schäfchen getreten und hatte Distanz geschaffen, und diese Distanz war angebracht und wohltuend.

»Jetzt gehen Sie ein bißchen herum!« kommandierte Jura.

Tamara ging barfuß durch die Küche, dunkle, feuchte Spuren hinterlassend. Ihre Beine fühlten sich ganz leicht an. Jetzt losspringen – und sie würde schweben. So ein Gefühl mußten Kosmonauten im Zustand der Schwerelosigkeit haben.

Jura goß ihnen Wein ein. Sie tranken. Die Leichtigkeit stieg von den Beinen aus höher und machte Tamara ein wenig schwindlig. Die Wurst war frisch und roch nach Knoblauch. Aus den Tomaten, die sie nicht aufschnitten, sondern aufbrachen, blitzte an den Bruchstellen etwas Weißliches hervor wie bei Wassermelonen.

Petko wurde so unwirklich, als hätte es ihn überhaupt nicht gegeben. Genau wie der Hund, der vergiftet worden war oder auch nicht. Gegeben hatte es immer nur Klarheit und Reinheit, das Holzhaus, die melonenartigen Tomaten, den fürsorglichen Engel mit seinem ebenmäßigen Gesicht.

»Mit wem haben Sie vorhin gesprochen?« fragte Tamara.

»Wo?« Er hörte auf zu kauen.

»Beim Auto.«

»Wann?«

»Vorm Gericht.«

»Ach so . . . Das war Rimka. Rudiks Frau.«

»Und wer ist Rudik?«

»Ein Freund noch von der Hochschule. Der jetzt als Barkeeper arbeitet.«

»Warum?« fragte Tamara, obwohl Rudiks Schicksal sie nicht im geringsten interessierte.

»Er hat seine Frau und drei Kinder zu ernähren.«

»Dieses Mädchen hat drei Kinder?« fragte Tamara verblüfft.

»Ja. Wieso nicht? Sie ist fünfunddreißig.«

»Gefällt sie Ihnen?«

»Wer?«

»Rimka.«

»Sie ist die Frau meines Freundes«, wiederholte Jura, und Tamara begriff, daß er die Frauen seiner Freunde nicht als Frauen wahrnahm. Sie waren Anhängsel ihrer Männer und hatten keine eigenständige Bedeutung.

Tamara erhob sich gleichsam aus ihrem Sarg. Vor ihr lag noch ein ganzes Leben, das sie mit leichten, sauberen Füßen durchschreiten konnte. Als sei ihr Scheitel im Säuglingsalter nicht zusammengewachsen, strömte ihr Hoffnung direkt in den Kopf. Das war mehr, als sie verkraften konnte. Tamara neigte das Gesicht und begann zu weinen.

Jura unternahm nichts. Er blieb sitzen, wo er saß: auf dem Fensterbrett.

»Wein ruhig, wenn du mußt«, sagte er, zum »du« übergehend. »Aber vergiß eins nicht: Das Leben ist nicht unsere Erfindung, und es ist eine großartige Erfindung. Der, der es erfunden hat, ist kein Leichtfuß. Wir selbst machen es kaputt. Einfach so. Mit diesen Händen hier.« Er streckte Tamara seine schönen, intelligenten Hände hin.

»Und läßt es sich wieder reparieren?« fragte Tamara.

»Mit eben diesen Händen.«

»Und du ... Ist bei dir ... alles so, wie du es haben möchtest?«

»Bisher nicht. Aber es wird so werden.«

»Du bist also ein aktiver, positiver Held ...«

Tamara durchwühlte ihre Handtasche nach einem Taschentuch. Sie fand keins, und so wischte sie sich die Tränen mit dem Handrücken ab.

Tamara träumte, daß sie Durst hatte. Sie erwachte vom Durst. Der Mond sah direkt in ihr Fenster, und das war beunruhigend. Irgendwo hatte Tamara gehört, daß auf dem Mond die Seelen der Verstorbenen wohnen. Wenn dem so war, dann sahen die Seelen der Verstorbenen vom Mond aus alles, was auf der Erde geschah. So groß war die Entfernung ja nicht. Tamara stand vom Klappbett auf und ging in die Küche. Jura war in keinem der Zimmer. Wo war er hin? War er vielleicht zum Schlafen in die andere Hälfte hinübergegangen, zu seiner Frau?

Die Haustür stand einen Spaltbreit offen, und in der vom Mondlicht erhellten Öffnung stieg eine dünne Rauchspirale auf.

Tamara trat auf die Eingangstreppe hinaus. Jura saß da und rauchte. Der schwarze Pullover umspannte seinen Rücken, und die Schulterblätter stachen spitz hervor, wie nicht ganz ausgewachsene Flügel. Ein schwarzer Engel.

Sie setzte sich neben ihn.

»Wieso schläfst du nicht?«

»Ich mag nicht.«

»Du kannst nicht«, erriet sie. »Du hast nur das eine Klappbett.«

Er schwieg.

»Das kann ich nicht zulassen. Geh du rein, ich bleib hier sitzen.«

»Wir müssen doch nicht Wache schieben.«

»Dann legen wir uns zusammen hin. Wir legen die Matratze auf den Fußboden und schlafen beide darauf. Hol noch eine Bettdecke.«

Wieder schwieg er. Der Rauch seiner Zigarette malte ein Zeichen in die Luft.

»Du hast keine zweite Bettdecke«, kombinierte Tamara. »Wie konnte sie denn bloß alles mitnehmen? Sowas von Geiz! Wie die alte Samussenko!«

»Laß uns nicht darüber sprechen. Schau, der Igel ist herausgekommen.«

»Wo?«

»Da ...«

Tamara spähte ins Dunkel. Sie hatte Angst, der Igel könnte kommen und ihr ein Stück vom Fuß abbeißen. Sie rückte näher an Jura heran, bis sie seine Schulter an der ihren spürte. Jura rührte sich nicht. Sie saßen still da, wie Bruder Fuchs und Bruder Hase aus dem Märchen. Beide verband nicht die Suche nach der Wahrheit über Petko, sondern das, was Robinson und Freitag auf der Insel verbunden hatte: Nur vereint ist man stark. Und dann war da noch etwas anderes: die Schulter. Das war es, was Tamara gefehlt hatte. Eine Schulter, im direkten und im übertragenen Sinne.

»Bei dir ist es schön«, bekannte Tamara. »So müßte man immer sitzenbleiben.«

»Dann bleib doch sitzen.«

»Ich sitze ja.«

»Ich meine nicht jetzt, sondern für immer.«

»Ich hab einen Sohn, eine Mutter. Einen Mann.«

»Du bist verheiratet?«

»Ein bißchen.«

»Ein bißchen zählt nicht. Und deinen Sohn und deine Mutter kannst du herholen.«

»Und was machen wir dann hier?«

»Gurken anpflanzen.«

Tamara lächelte spöttisch im Dunkeln.

»Das ist eine sehr interessante Beschäftigung. Du hast ja keine Ahnung! Du ziehst die Gurke auf und erntest sie, das kleine, pickelige Ding – und dabei wächst sie dir richtig ans Herz.«

»Ich beschäftige mich also im Gemüsegarten. Und was machst du?«

»Tagsüber arbeite ich, abends bastele ich am Auto.«

»Im Schuppen?«

»Im Schuppen. Und du bringst mir das Essen.«

Der Igel raschelte leise im Gras. Tamara begann zu frösteln, aber sie mochte sich nicht von seiner Schulter trennen. Schließlich standen sie doch auf und gingen ins Haus.

Sie legten die Matratze auf den Boden und schlüpften unter die Bettdecke. Eine Zeitlang lagen sie so da, schauten zur Decke. Die Spannung zwischen ihnen wuchs. In der Physik gibt es den Begriff der kritischen Masse. Ein Stoß, ja schon ein lauter Ton, und es kommt zur Explosion. Vor dem Fenster fiel, dem Gravitationsgesetz gehorchend, ein Apfel vom Baum. Gut möglich, daß der Igel ihn aufspießte und seinen Igelkindern brachte. Tamara fuhr zusammen. Jura zog sie kraftvoll an sich, und dann verloren sie einfach die Kontrolle. Sie umarmte ihn so wie damals den anderen Jura in dem abgesackten Grab. Der Ansturm der Gefühle nahm ihr den Atem, sprengte ihr fast das Herz. Er, der Jura neben ihr, erschrak, – so heftig klopfte ihr Herz. Er streichelte sie, beruhigte sie, besann sich auf alle Koseworte, die er kannte, und erfand neue dazu. Als er keine Worte mehr hatte, begann er ihren Namen zu wiederholen. Er wiederholte und wiederholte ihn, und es klang wie Regen, der aufs Dach fällt.

Der Mond starrte sie noch immer an, doch Tamara hatte keine Angst mehr vor ihm. Sie war geborgen unter dem Regen seiner Zärtlichkeit. Er küßte sie verschwenderisch und ohne Hast: Setzte einen Kuß neben den anderen, so daß kein Zentimeter leer ausging. Was war es, was er da schuf? Das Glück. Zum erstenmal ging Tamara auf, daß das Wort ›Glück‹ von dem Wort ›Teil‹* kommt. Glück heißt, ein Teil des Ganzen zu sein. Teilzuhaben an der allumfassenden Harmonie: Baum und Blätter, Himmel und Erde, Erde und Galaxis. Und Tamara war Teil all dessen. Ohne sie ging es nicht.

Wenn es damals im Wald mit dem anderen Jura genauso gewesen wäre, hätte sie ihn nie verlassen. Und sein graues Äußeres wäre ihr strahlend und durchgeistigt erschienen.

Der Bildhauer war untalentiert in der Liebe. Er hatte kein Gespür für das Leben, kannte nur seine Arbeit. Lieben, einem anderen gehören, in einem anderen aufgehen konnte er nicht. Er gehörte nur seiner Idee, war nur um die geistige Frucht besorgt, die in ihm reifte. Alles übrige war ihm nicht wichtig.

Doch das Übrige war schließlich auch Tamara, ihr ganzes unwiederbringliches Leben, Gottes Werk. Der, der sie erdacht hatte, war kein Leichtfuß. Und da er Tamara in die Welt gesetzt hatte, mußte sie auch zu etwas nutze sein.

»Atme in meine Richtung!« bat Tamara.

Ihr gefiel sein Atem. So riechen Säuglinge: nach Milch, also nach Wiese und den verschiedensten Kräutern.

Sie schlief glücklich ein.

Als sie die Augen öffnete, schien die Sonne. Jura sprach mit jemandem, dann kam er zurück. Er hatte ein Laken um seinen Körper gewickelt wie die alten Römer in der Sauna.

»Wer war das?« fragte Tamara.

»Meine Frau. Ich habe sie nicht reingelassen.«

* ›Teil‹ heißt im Russischen »čast'«, »Glück« – »sčast'e«

»Was wollte sie denn?«

»Ich weiß nicht. Sie will dauernd irgendwas.«

»Ich fahre weg, und du kehrst zu ihr zurück«, sagte Tamara.

Sie begriff jetzt: von den »Juras« kam man nicht los.

»Ich kehre nie zu ihr zurück. Und du fährst nirgendwohin. Unser Leben wird schön werden, genau so, wie der es geplant hat, der alles plant. Mit uns beiden klappt's, das weiß ich. Glaub mir. Du mußt mir einfach nur glauben.«

Er setzte sich zu ihr und nahm sie in die Arme.

»Du kommst schon wieder zu spät zur Arbeit«, erinnerte sie ihn.

»Ich gehe nirgendwohin. Und du auch nicht.«

»Ich auch nicht.«

»Wir bleiben den ganzen Tag zusammen.«

»Kriegst du dafür nicht eins aufs Dach?«

»Bestimmt nicht. Ich kann noch abbummeln. Ich habe Blut gespendet.«

»Weshalb?«

»Um abbummeln zu können.«

»Aber woher wußtest du denn, daß du mich treffen würdest?«

»Das wußte ich nicht, aber ich hab darauf gewartet. Wenn man nur ehrlich auf etwas wartet, dann stellt es sich auch ein.«

»Von wegen! Meine Freundin Nelka hat ehrlich gewartet, hat sogar gekämpft. Zum Schluß hat sie ihn bekommen, – und dann gab er den Geist auf.«

»Das heißt, sie hat nicht mit den richtigen Mitteln gekämpft. Sie hat geistige Monster geboren, und die haben sich dann zusammengerottet und es ihr gegeben.«

»Ihm gegeben«, verbesserte Tamara.

»Und dein Soldat hat auch nicht mit den richtigen Mitteln gekämpft: Er hat gelogen, sich erniedrigt und ist am Ende zum Verbrecher geworden. Er hat lauter Monster und Monsterkinder in die Welt gesetzt, bis sie ihn umzingelten und ins Gefängnis trieben.«

»Hör auf mit dem Blutspenden«, bat Tamara. »Du bist so schon ganz durchsichtig.«

Sie umarmte ihn, schloß dabei die Augen, um durch nichts abgelenkt zu werden. Und sie schwebten wie die zwei auf dem Bild von Chagall, die über Häusern und Dächern dahinfliegen, über Petkos und Richtern, über Prozeßakten und Schicksalen. Nur er. Nur sie.

Tamara war – wie Eva, die vom Apfel gegessen hat. Über kurz oder lang mußte jemand auftauchen und sie aus dem Paradies vertreiben.

Der Zug gewann an Fahrt.

Tamara lehnte sich, mit einer Hand den Griff umklammernd, fast bis zur Hüfte aus dem Fenster; ein Wunder, daß sie nicht hinausfiel. Er lief hinter dem Zug her. Wie im Kino. Oder andersherum: Im Kino ist es manchmal wie im Leben. Da hatte sie nun ihre Dienstreise, da hatte sie die »Soldatenfreuden«. Alles in einen Topf: Petkos Leid und ihr »unverhofftes Glück auf weiter Reise«. Und vor ihr lag Moskau. In den vergangenen zwei Tagen hatte sie ganz vergessen, daß sie ein Heim, einen Mann und einen Haufen Sorgen hatte. Jetzt kam das alles mit einer Geschwindigkeit von hundert Stundenkilometern näher. Noch war sie im Paradies. Vor ihr aber lag die Hölle. Wie sollte sie diese beiden Orte, diese beiden Tamaras unter einen Hut bringen?

Im Abteil saß ein alter Mann, ein Komsomolze der zwanziger Jahre, – kein »Opa« oder »Alterchen«, sondern ein »Alter« im besten Sinne des Wortes; er erinnerte an Hemingways Alten, der den großen Fisch fing. Oder vom Fisch gefangen wurde.

Tamara mochte sich nicht unterhalten. Jura hatte versprochen, in zwei, drei Tagen nachzukommen, und dann wollten sie auf Moskauer Boden alles entscheiden. Tamara hing ihren Wachträumen nach. Sie verschanzte sich hinter Jura vor dem Alten. Der hingegen wollte sich mitteilen: Er erzählte von den Jubiläumsfeiern, und wen von den alten Freunden er wiedergesehen hatte. Die meisten Freunde waren schon tot, inzwischen waren mehr im Jenseits als hier. Aber zwei hatte er immerhin noch getroffen. Mit einem von ihnen hatte er gesessen.

»Wo?« Tamara kam zu sich.

»Wieso wo? Im Lager.«

»Und weshalb?« Sie hatte plötzlich die Vorstellung, daß auch der Alte mit der Axt auf seine Schwiegermutter losgegangen war.

»Na hören Sie mal, kennen Sie denn die Geschichte unseres Landes nicht? Ich bin ein Teil dieser Geschichte.«

»Sagen Sie bitte: Zerstört das Gefängnis den Menschen?« fragte Tamara naiv. Sie wurde den Gedanken an Petko nicht los.

»Wie Sie sehen, bin ich ganz geblieben.«

»Und was hat Ihnen geholfen zu überleben?«

»Sehr einfache Dinge, der Glaube, die Hoffnung, die Liebe.«

»Die Liebe zu einer Frau?« präzisierte Tamara, denn es gab ja auch noch die Liebe zum Vaterland.

»Zu meiner Frau. Nur um seiner selbst willen zu überleben lohnt nicht. Aber für die Frau ...«

»Hatten Sie Kinder?«

»Wieso ›hatten‹? Ich hab welche. Und der Enkel ist auch schon verheiratet. Alle sind gut geraten. Nach Angola sind sie gegangen, um da zu arbeiten. ›Was wollt ihr denn in einem Land mit so einem Klima?‹ hab ich gefragt. ›Geld verdienen‹, sagten sie. Ein Auto wollen sie, eine Wohnung, Möbel, alles auf einmal. In unserer Jugend brauchten wir nichts. Wir lebten für das Gemeinwohl, aber heute denkt jeder nur an sich.«

»Die Zeiten waren anders damals«, vermutete Tamara.

»Uns ist die Zeit der Hoffnungen zugefallen, euch die Zeit jenseits der Hoffnungen. – Aber vielleicht bin ich auch einfach nur altmodisch und sollte machen, daß ich nach Hause komme.«

»Wohin meinen Sie, nach Hause?«

»Dahin, wo alle sind.«

»Und die Liebe?« erinnerte ihn Tamara. »Auch wenn Glaube und Hoffnung aus der Mode gekommen sind, – die Liebe bleibt doch ein ewig junges Mädchen und zu allen Zeiten gleich.«

»Ach, wo sind sie hin, meine fünfundsiebzig Jahre ...« sagte der Alte voller Bedauern.

»Wie alt sind Sie jetzt?«

»Sechsundsiebzig.«

Tamara lachte. Das Abteil war klein und füllte sich augenblicklich mit Freude.

Dann kam die Schlafwagenschaffnerin herein und verlangte streng nach den Fahrkarten und dem Geld für das Bettzeug.

Es war dieselbe Schaffnerin. Sie erkannte Tamara nicht wieder, obwohl nur zwei Tage vergangen waren. Vielleicht tat sie aber auch nur so. Sie hatte ihre eigenen Probleme. Was scherte es sie, daß einer aus dem Laufrad ins Gefängnis gesprungen war und eine andere in die Liebe.

Zu Hause war alles wie immer. Zwei Tage können eine lange und eine kurze Zeit sein. Das Schicksal eines Einzelnen kann sich innerhalb von zwei Tagen wenden, ohne daß die Welt es bemerkt. Und darin liegt die Rettung, hätte man doch sonst nichts anderes zu tun, als sich ständig mit den fremden Schicksalen mitzudrehen und mitzuwenden.

Ihr Mann war im Atelier, trank, und kam nicht nach Hause. Ihre Mutter sagte kein Wort und lief finster und aggressiv durch die Wohnung, ohne Rücksicht auf Verluste: Sie rannte alles um, daß es nur so flog und krachte. Ein Wunder, daß nichts Feuer fing. Die Mutter konnte sich nicht damit abfinden, daß der Schwiegersohn trank und sie nichts daran ändern konnte. Sie fühlte sich so, als lebte sie in einer Müllgrube und käme nicht wieder heraus.

Als sie ihre Tochter erblickte, sah sie sie haßsprühend an, und ihre Augen schossen einen Kugelblitz, doch an Tamaras Gutmütigkeit prallte der imaginäre Blitz ab wie eine Plastikkugel. Tamara umarmte ihre Mutter, küßte sie auf die weiche Wange. Und plötzlich schoß es ihr durch den Kopf: »Aber sie ist doch bestimmt auch einmal geliebt worden. Und hat geliebt!«

Tamara erinnerte sich daran, wie einige Zeit nach dem Tod des Vaters nacheinander zwei Jaschkas bei der Mutter aufgetaucht waren: ein dünner und ein dicker. Die Putzfrau konnte die beiden nicht leiden, sie nannte sie »der dicke Jaschka« und »der dünne Jaschka«. Der Dürre hatte einen Sohn. Dieser Sohn war es letztlich, der die Mutter vom entscheidenden Schritt abhielt. Der dicke Jaschka leitete ein Möbelgeschäft. Er besorgte ihnen Möbel, haute sie aber übers Ohr dabei. Es ging zwar nicht um große Summen, doch die Mutter war zutiefst verletzt durch diesen unromantischen Zug ihres Ritters: Da warb er um sie, bot ihr seine Hand an, und mit der anderen Hand bereicherte er sich an der geliebten Frau.

Keinem der beiden Jaschkas also war ein fester Platz in ihrem Leben beschieden gewesen.

»Mama, erinnerst du dich an die Jaschkas?« fragte Tamara.

»Tju...«, sagte die Mutter verwundert, »was kommst du mir ausgerechnet mit denen?«

Manchmal rutschten ihr beim Sprechen ukrainische Brocken dazwischen, wie zum Beispiel dieses »tju«.

»Wieso nicht?« gab Tamara zurück. »Warum die eigene Vergangenheit schlechtmachen?«

»Wenn ich jetzt einen Alten hätte, wär ich euch hier nicht im Wege«, sagte die Mutter unerwartet traurig. »Einen Ehemann braucht man so richtig erst ab fünfzig. Damit man als Frau nicht allein dasteht.«

Tamara hatte nicht vermutet, daß die Mutter solche Gedanken hegte. Sie hatte immer geglaubt, sie wäre zufrieden mit dem Alter – sofern man das überhaupt sein kann.

»Aber du hast doch uns«, erinnerte sie Tamara.

»Ja, ich hab euch. Aber ihr habt mich nicht.«

»Red keinen Unsinn«, sagte Tamara verwirrt und ging zu ihrem Sohn hinüber.

Sie lief vor dem Gespräch davon, weil an den Äußerungen ihrer Mutter so erschreckend viel Wahres war. Sie alle profitierten von ihrer Arbeit – und ignorierten ihre Lebenserfahrung. Sie interessierten sich nicht wirklich für die Mutter. Wenn sie Urteile abgab oder anfing, sie zu belehren, dann wünschte sich Tamara in der Tiefe des Herzens, sie wäre taubstumm, – würde ihre Arbeit machen und den Mund halten.

Schwiegersohn und Enkel bemerkten nicht mal, daß sie arbeitete. Sie meinten, die Sauberkeit in der Wohnung, die Borschtschsuppen, die Apfelpiroggen, die sauberen Hemden, – all das käme ganz von allein zustande, ohne daß irgend jemand sich dafür krummlegte. Die Mutter nannte sie aus Rache »Ausbeuter«. Tamara hatte schon oft alte Amerikanerinnen gesehen, die mit blauen Löckchen und in Rollstühlen in der Weltgeschichte herumreisten. Niemand fand das lächerlich. Im Gegenteil. Das war Achtung vor dem Leben. Die Mutter jedoch ... Sie war schließlich noch nicht alt, erst sechzig. Und lebte doch ohne Hoffnung. »Jenseits der Hoffnung«, wie der Alte gesagt hatte. Die Eintönigkeit ihres Lebens zehrte an ihren Nerven. Ihre Tage zogen sich gleichförmig hin, einer die Kopie des anderen, vor immer demselben unerfreulichen Hintergrund. Vielleicht kam ja mal jemand auf die Idee, eine Dissertation über die »Schwiegermütter von Alkoholikern« zu schreiben. Aber in der Wissenschaft zählten die Schwiegermütter nicht. Schwiegermütter und alte Männer standen für die Vergangenheit: Gewesen und vergangen.

»Mama, würdest du gern mal ins Ausland fahren?« fragte Tamara laut.

»Tju ...« war die Reaktion der Mutter.

Sie war nicht imstande, für sich selbst zu leben. Hatte es nie gelernt.

Aljoscha ging seit zwei Wochen in die dritte Klasse. Nach den Sommerferien fiel ihm das Aufwachen schwer. Er war überhaupt so schwer wachzukriegen, daß nur Wasser half. Tamara nahm kein Wasser zu Hilfe; sie weckte ihn zärtlich, bedeckte ihn von Kopf bis Fuß mit Küssen. Er war dünn und warm wie ein Kaninchen. Zärtlichkeit brauchte er so notwendig wie Sauerstoff, und er war selbst zärtlich wie ein Mädchen. In der Öffentlichkeit wich er seiner Mutter nicht von der Seite, legte sogar seinen Kopf an ihre Schulter, als müßte er sich bestätigen: Das ist meins! Manchmal war ein solches Figurenensemble unangebracht, zum Beispiel im Theater oder im Sprechzimmer eines Arztes. Tamara sagte dann, wie zur Entschuldigung: »Das ist ihm nicht auszutreiben.« Sie konnte sich nicht vorstellen, daß Aljoscha einmal heiraten und seinen Kopf an die Schulter einer anderen Frau legen könnte. Am liebsten würde sie diese andere schon im voraus vernichten. In ihr reifte die Schwiegermutter heran.

Aljoscha öffnete die Augen und setzte sich auf. Die zwei Tage ihrer Trennung hatten ihm schwer zu schaffen gemacht.

»Und was hast du mitgebracht?« erkundigte er sich lebhaft.

Tamara brachte ihm immer irgendwas von der Arbeit mit, und er hatte sich an die Großzügigkeit der Mutter gewöhnt. Jetzt aber war sie, aus einer anderen Stadt, mit leeren Händen zurückgekehrt. Hatte alles vergessen. Gott sei Dank nicht auch sich selbst.

Aljoscha kroch wieder unter die Decke. Abrupte Ortswechsel konnte er überhaupt nicht vertragen, und das warme Bett zu verlassen war für ihn genauso schlimm wie ins Wasser einzutauchen. Tamara hatte die Befürchtung, daß mit der Wärmeregulation bei ihm etwas nicht stimmte. Überhaupt fürchtete sie, er könnte erblich belastet sein. Immerhin war er Sohn eines Alkoholikers. Allerdings war das, was er mütterlicherseits mitbekommen hatte, vital und lebenstüchtig, mit einem Schuß frischem Bauernblut gemischt. Tamara baute sehr darauf.

In der zweiten Klasse, also mit acht Jahren, hatte Aljoscha sich aus dem vollgestopften Bücherregal die Ilias herausgezogen und Homer dann mit der gleichen Begeisterung gelesen wie das Kinderbuch »Mucha-Zokotucha«. Tamara erschrak angesichts dieser geradezu pathologischen Begabung. Der Arzt jedoch beschwichtigte sie:

»Von wegen pathologisch! Das ist Begabung und sonst nichts. Der Junge ist ausgesprochen helle. Aber in der Regel gibt sich das mit den Jahren. Und dann wird er ein ganz normaler junger Mann.«

Trotzdem konnten die negativen Erbanlagen in jedem Alter und in jeder Form zutage treten. Ständig beobachtete Tamara ihren Sohn angespannt, als lauere sie dem unsichtbaren Feind auf, um ihn rechtzeitig zu erwischen und schon im Vorfeld zu vernichten. Dieser ständige Streß verstärkte ihre Liebe, und Aljoscha gab ihr genausoviel Liebe zurück. Es war, als durchströmte sie ein und dasselbe Blut, wie damals, als sie ihn noch in sich trug.

Ihre Freundin Nelka fragte manchmal:

»Was machst du bloß, wenn er dir mit vierzig eröffnet, daß er alleine Fahrstuhl fahren will!«

Aber bis vierzig war's noch lange hin. Jetzt war draußen vor dem Fenster Altweibersommer, und die Mutter hatte das Frühstück aufgetragen: geriebene Mohrrüben mit saurer Sahne, Quark und Haferbrei.

Auf den Haferbrei ließ die Mutter nichts kommen. Ein Pferd ernährt sich allein von Hafer und arbeitet dabei wie ein Pferd. Also sorgt der Hafer sowohl für das richtige Gewicht als auch für die nötigen Energien. Und die Wurzel des Lebens ist nicht irgendein chinesischer Gin-seng, sondern eben der Hafer. Wenn man ihn täglich ißt, dann ist man sicher vor erblichen Belastungen, Geschwüren und allem noch Schlimmeren.

Aljoscha hatte in seinem kurzen Leben vier Dinge hassen gelernt: Zwang, Gleichgültigkeit, Haferbrei und schwarzen Kaviar. Er haßte es, wenn man zuviel Notiz von ihm nahm und wenn man überhaupt keine Notiz von ihm nahm, und von Haferbrei und nach Tran riechendem Kaviar wurde ihm übel bis zum Erbrechen.

Sie setzten sich an den Tisch, und jeder hatte seine

Aufgabe: Die Großmutter mußte ihrem Enkel die Lebenswurzel reinzwingen, der Enkel mußte sich gegen den Zwang zur Wehr setzen, und Tamara mußte beide Seiten beschwichtigen und versuchen, den bewaffneten Zusammenstoß abzuwenden.

Die Großmutter liebte ihren Enkel inbrünstig, mit aller Kraft ihrer rebellischen Seele. Von dieser Liebe zeugte auch der Haferbrei. Doch da es im Leben dialektisch zugeht, drückt sich die Liebe manchmal in den unverständlichsten Formen und Formulierungen aus.

Sie setzten sich schweigend, ihrer Aufgaben mit heiligem Ernst gedenkend.

»Ich bin sicher, er macht es nicht mehr lange«, begann die Großmutter, wobei sie Aljoscha meinte. Der erste Zug. Wenn Aljoscha seinen Haferbrei nicht ißt, rafft ihn der Tod dahin. Vielleicht, daß Tamara jetzt erschrickt, ihre, der Großmutter, Partei ergreift und den Sohn zusammen mit ihr mürbe macht. Dann ißt Aljoscha jeden Morgen seinen Haferbrei, wird gesund wie ein junges Füllen und immun gegen jede Krankheit.

Tamara begriff das alles, doch dieses Reden vom Tod in Verbindung mit Aljoscha ging ihr unter die Haut.

»Mama, was erzählst du denn da für dummes Zeug!« sagte sie und sah ihre Mutter kalt an. »Wie kannst du nur so unüberlegt daherreden!«

Aljoscha spürte, daß er einen Punkt gewonnen hatte. Er beobachtete seine Großmutter mit Argusaugen.

»Er ißt nicht richtig, er ißt nur Häppchen.« Die Großmutter gab nicht auf. »Immer nur Butterbrote, trockenes Zeug.«

Was sie meinte, war nicht schwer zu erraten: Häppchen ißt man beim Trinken. Die Großmutter spielte auf die erbliche Belastung an, streute Salz in die offene Wunde.

»Aljoscha, iß doch wenigstens zwei Löffelchen voll!« bat Tamara. »Halt dir die Nase zu und schluck ihn runter. Wie Medizin.«

»Mama, er ist so glitschig. Er ist einfach widerlich.«

Aljoscha schaute seiner Mutter offen ins Gesicht, und aus seinen reinen Augen sprachen einzig die Wahrheit und das Leiden daran.

Tamara gab sich augenblicklich geschlagen. Gegen die Wahrheit und das Leiden hatte sie kein Argument. Außerdem wurde es spät, er mußte zur Schule. Tamara konnte nicht zulassen, daß das Kind mit leerem Magen losging.

»Soll ich dir ein paar Schnitten machen?«

»Aber nicht mit Schafskäse«, bat Aljoscha.

Tamara schmierte ihm eilig seine Butterbrote. Die Mutter, zutiefst verletzt in ihrem Glauben an den Haferbrei, sah mit fanatisch glänzenden Augen zu. Mit solchem Gesichtsausdruck waren Menschen für ihren Glauben auf den Scheiterhaufen gestiegen, und mit ebensolchem Gesichtsausdruck hatte man sie hinaufgeschickt.

Tamara schob Aljoscha den Teller mit den Butterbroten hin und legte eine kleine, frisch eingelegte Salzgurke dazu. Aljoscha liebte alles Würzige, Scharfe. Quark und Möhren hatten bei ihm genausowenig Chancen wie die Großmutter.

»Und jetzt stell ihm noch ein Gläschen hin«, sagte die Mutter anzüglich.

»Wozu?« fragte Aljoscha verständnislos.

»Oma macht nur Spaß.«

Tamara war ihrer Mutter nicht böse. Sie fühlte sich schuldig vor ihr und vor Aljoscha. Sie hatte ohne sie glücklich sein wollen. Und fern von ihnen. Und was wäre dann mit ihnen?

Auch auf der Arbeit war alles wie immer. Was konnte sich in zwei Tagen schon groß ändern...

Tamara setzte sich an ihren Schreibtisch und wartete auf den Anruf. Sie hatten verabredet, daß Jura sie auf der Arbeit anrufen sollte. Das Telefon aber schwieg, und das war seltsam. Einfach unfaßbar. Sie war seit einer Stunde in der Redaktion, und noch immer kein Signal. Sie an Juras Stelle hätte bestimmt schon sechsmal angerufen. Vielleicht bestand ja gerade darin der Unterschied zwischen Mann und Frau.

Das Telefon klingelte, doch der Anruf kam über die Hausleitung. Tamara nahm ab. Es war Wlad.

»Wäre es möglich, daß Sie zu mir kommen?« bat Tamara. »Ich kann nicht weg vom Telefon.«

Wlad überlegte: Einerseits war das eine Verletzung der Hierarchie. Wenn du erst anfängst, deine Untergebenen aufzusuchen, tanzen sie dir bald auf der Nase herum. Andererseits war er ein Mann, ein sowjetischer zwar, aber immerhin. Und Tamara, mochte sie auch seine Untergebene sein, war eine Frau.

Wlad ging zu Tamara hinüber und machte es sich in ihrem Kunstledersessel bequem.

Wlad war ein massiger, kahlköpfiger Mann mit schläfrigen Augen und einer mächtigen Nase. Ein schlafender

Maulesel. Ein gestrauchelter Engel ist romantischer als ein schlafender Maulesel. Aber plötzlich mußte Tamara denken: Auch ihn nimmt schließlich jemand in die Arme. Und küßt seine schläfrigen Augen. Und da wird er mit einem Mal wach, macht die Augen richtig auf – und ist schön.

»Was gucken Sie so?« fragte Wlad.

Tamara fürchtete, er könnte ihre Gedanken erraten und schob ihm eilig die Kopie des Gerichtsurteils hin.

Wlad las das Urteil aufmerksam durch, dann blickte er auf.

»Und was kann man darüber schreiben? Was ist daran interessant für den Leser?«

»Jemand wurde von niemandem gebraucht und verrohte«, formulierte Tamara.

»Das heißt, er hätte sich nützlich machen müssen«, wandte Wlad ein. »Nicht gebraucht wird, was keinen Wert hat. Eine menschliche Null.«

»Vielleicht wurde er in diesen Zustand gebracht.«

»Was kann einen Menschen so weit bringen, daß er eine Null wird?«

»Die Liebe.«

Ein Soldat liebte ein Mädchen aus seiner Straße, umarmte ihren Körper, der die Form einer Acht hatte, zeugte mit ihr ein Kind, wollte nur das und nichts anderes. Sie war sein ein und alles, und er zog sie mit aller Macht in sein Leben hinein. Sie aber riß sich los. Er wollte sie umbringen – und schaffte es nicht. Eine Konstellation wie bei *Carmen*, mit dem Unterschied, daß José es geschafft hatte. Wieso schaffte es José und der Soldat nicht? Weil José eine Persönlichkeit war, Petko Dowgan dagegen ein Nichtsnutz?

»Prosper Mérimée hat darüber geschrieben, und die Leser fanden es interessant.«

»Prosper Mérimée war auch nicht Ressortleiter bei einer Zeitung. Er war nur einfach Mérimée. Ich habe eine verpflichtende Position.«

»Eine was?«

»Genau das. Wir sollen den Leser durch positive Beispiele erziehen. Durch die Darstellung heroischen Handelns. Auf daß der Mensch nach der Lektüre denkt: Das kann ich auch. Der Mensch soll in seiner eigenen Achtung steigen. Aber nach der Geschichte da möchte man eher hingehen und sich aufhängen. Wozu in diesem Dreck wühlen?«

»Wegen des Soldaten. Vielleicht läßt sich eine Herabsetzung des Strafmaßes erreichen. Schon ein Jahr würde viel ausmachen. Nicht elf, sondern zehn.«

»Wo hat er gearbeitet?« fragte Wlad.

»Ist doch egal...«

»Trotzdem...«

»Im Schweinestall.«

Wlad schwieg.

»Ich weiß, warum Sie jetzt schweigen«, sagte Tamara. »Sie denken, daß er einen Schweinestall gegen den anderen eingetauscht hat, und daß die Gesellschaft sein Fehlen überhaupt nicht bemerkt.«

»Genau«, bestätigte Wlad.

»Aber die Gesellschaft ist doch nicht nur ein abstrakter Begriff. Die Gesellschaft, das bin ich, das sind Sie, das ist er. Ja, er auch. Er hat schließlich nicht in einem Glaskolben gelebt, sondern in der Gesellschaft. Und die Gesellschaft muß ihm helfen. Darin besteht ihre Humanität.«

»Aber vielleicht besteht die Humanität auch darin, nicht zu helfen.«

»Ist das die ›verpflichtende Position‹, die aus Ihnen spricht? Und wie denken Sie selbst darüber?«

»Ich denke: Das Leben ist brutal. Man muß den Menschen helfen, zu überleben. Das Lämpchen der Hoffnung für sie anzünden. Und nicht zum xten Mal in die Scheiße fassen.«

In diesem Augenblick klingelte stürmisch, drängend das Telefon.

Tamara riß den Hörer von der Gabel. Und blickte Wlad beschwörend an.

Wlad verstand. »Ich gehe«, sagte er und ging zur Tür.

Tamara kam es so vor, als brauchte er sehr, sehr lange. Eine Ewigkeit. Er hatte den Gang eines Menschen, der vergessen hat, seine Hosen anzuziehen und sich seines bloßen Hinterns schämt. Wahrscheinlich brauchte er seine »verpflichtende Position« so nötig wie die Hosen. Um sich sicherer zu fühlen. Verpflichtende Positionen sollte man Menschen einräumen, die keine Komplexe haben.

Endlich war Wlad draußen. Er schloß die Tür fest hinter sich.

»Ja«, rief Tamara.

»Ich bin's!«

»Warum rufst du erst jetzt an?«

»Ich wußte nicht, was ich sagen sollte. Aber jetzt weiß ich's.«

»Dann sag's!«

»Wagen elf. Platz dreizehn. Morgen bin ich in Moskau. Bis morgen.«

»Warte!«

»Alles andere morgen.«

»Warte!«

»Ich warte ja. Was?«

Tamara schwieg. Es war ein lautes, jubelndes Schweigen. Die Menschen erfinden das Perpetuum mobile, das ewige Triebwerk. Aber das dauerhafteste Triebwerk ist – die Liebe. Ihm geht nicht der Brennstoff aus. Es ist ein Selbstlader.

Plötzlich kam Tamara das Schweigen leer vor. Als wäre die Verbindung unterbrochen und nichts mehr zu hören.

»He!« rief Tamara erschrocken.

»Ich bin hier«, sagte er leise aus der Leere heraus, »ich bin hier. Und ich gehe nirgendwohin.«

Der Zug sollte am Morgen ankommen. Es schien, als wollte es nie Morgen werden. Aber es wurde Morgen, und der Zug lief ohne Verspätung ein. Die Wagen standen klobig und so staubbedeckt da, als wären sie seit dem Jahre dreizehn nicht mehr gefegt worden. Tamara begriff, daß ihr Traum jetzt Gestalt annahm. Der Traum verfügte schon über konkrete Einzelheiten und sogar über Gerüche.

Jura stand reglos neben seinem Wagen. Die Menschen strömten langsam rechts und links an ihm vorbei. Tamara blieb plötzlich stehen, als hätte sie jemand an der Schulter gepackt. Sie sah ihn. Er sie nicht. Er hielt nach ihr Ausschau, mit angespanntem Gesicht. Ein gestrauchelter Engel aus der Provinz. Seine Haare waren im Nacken unnötig kurz geschnitten. Die Jacke aus Kunstleder stand ihm steif um den Körper. Aber es war nicht die Jacke, – es war der Eindruck, daß er sich unbehaglich fühlte, fehl am Platz. Er war fremd in dieser Umgebung.

Tamaras Freundin Nelka pflegte zu sagen: »Jeden Kurschatten muß man sich unterm Moskauer Himmel anschauen.« Jura machte unterm Moskauer Himmel nicht viel her. Dort in der Siedlung ›Solnetschnyj‹ neben den Verwandten des unglücklichen Petko und dann in seinem Holzhaus hatte er bedeutend gewirkt, ja sogar geglänzt. Aber hier war nichts davon übrig. Und sein regelmäßiges Gesicht drückte außer der Anspannung so wenig aus, daß er geradezu gesichtslos wirkte. Und überhaupt nicht mehr wie der frühere Jura. Anstelle des Menschen – ein völlig nichtssagendes Etwas. Was sollte sie mit ihm anfangen? Tamara stellte sich vor, daß er jetzt auf sie zukäme und ihre Verwirrung sähe. Sie müßte Freude vorspiegeln, die nicht da war. Eine Rolle spielen. Und dann? Wohin mit ihm? In Moskau war es mit Hotelzimmern nicht einfacher als in Dnepropetrowsk. Also mußte sie ihn zu sich einladen. Die Mutter würde alles durchschauen und sofort in durchdringendem Flüsterton fragen: »Wo hast du denn den Halbwüchsigen her?« Ihre Mutter mochte den Schwiegersohn nicht, aber er gehörte doch zur Familie, war ein Teil ihres Lebens, wie eine chronische Krankheit. Dieser hier dagegen war ein Fremdkörper, und allem Fremden verweigerte sich die Mutter mit an Grobheit grenzender Entschiedenheit.

Tamara konnte ihn zu Nelka bringen, Nelka würde den Mund halten, sie war die reinste Schweizer Bank, aber dann würde etwas zwischen ihnen kaputtgehen. Tamara wäre nicht mehr die alte Tamara, sondern so etwas wie eine zweite Nelka. Ihre Freundschaft brauchte Distanz. Nelka würde Jura einmal kurz mustern und die Diagnose stellen: »Ihr habt unterschiedliche Mentalitäten, ihr beiden.«

Nelka glaubte, oder hatte es sich irgendwo angelesen, daß um den physischen Körper herum ein zweiter existiert: der mentale. Ist der physische Körper eine gegebene Größe, so besteht der mentale aus dem, was man sich im Laufe des Lebens zusätzlich angeeignet hat. Er umsäumt sozusagen den physischen Körper, unsichtbar für das Auge. Er ist so etwas wie die geistig-seelische Hülle.

Der Zug stand neben Jura, staubbedeckt und vorsintflutlich. Und Jura gehörte zu diesem Zug und nicht nach Moskau. Tamara gehörte nach Moskau, der größten Stadt des Landes. Mag sein, daß die Frauen in der Renaissance nur der Stimme der Liebe gefolgt waren, ohne Ansehen der Mentalität. Tamara jedoch, als Vertreterin der achtziger Jahre des zwanzigsten Jahrhunderts, brauchte neben der Liebe auch die Stadt, die Zeitung, Telefonanrufe, Nelka, sie mußte umgeben sein von Menschen, von ihren Briefen, von, von, von ... In einem Holzhaus sitzen und Gurken züchten, das konnte man nur im Sommer, einen, wenn's hoch kam zwei Monate lang. In den übrigen zehn Monaten mußte man sich im Laufrad drehen, und verhüte Gott, daß es einmal stehenblieb.

Ihre physischen Körper paßten zusammen, ihre mentalen nicht. Sie hatten unterschiedliche Mentalitäten.

Tamara wich vor diesem Unterschied zurück, sie ging langsam rückwärts davon. So zu gehen, war unbequem, also drehte sie sich um und ging normal, die Augen nach vorn. Tamara verließ den Bahnhof, voller Angst, Jura könnte sie doch noch sehen und sie einholen. Und es kam ihr so vor, als wüßten alle Leute, die ihr entgegenkamen, daß sie davonlief, und als schauten sie sie mißbilligend an.

Mitten im Atelier stand das unvollendete Denkmal des gefallenen Soldaten. Fünf weibliche Figuren beugten sich schmerzerfüllt über den Gefallenen. Der Soldat selbst lag abseits in einer Ecke des Ateliers. Auf seinem Platz auf dem Sockel schlief der Bildhauer, beide Hände unter die Wange geschoben. Im Atelier hing der schneidende, abgestandene Geruch der zerstörten Hoffnungen.

Tamara trat auf das Denkmal zu. Die Frauengesichter waren erst angedeutet, noch nicht richtig ausgearbeitet. Aber in der zentralen Figur erkannte Tamara sich selbst. Hochgewachsen, stattlich, mit gesenktem Kopf stand sie da. Die Haare fielen in einem schweren Stück nach unten. Sie verdeckten das Gesicht fast völlig, aber die Figur war sie. Daneben – ihre Mutter, eine gramvolle Alte mit einem ›Haferbrei-Komplex‹ und Angst vor der Einsamkeit des Alters. Auch die anderen drei kamen Tamara bekannt vor. Sie sah genauer hin und erkannte Lidka: das runde Gesicht, die Figur in Form einer Acht. Daneben die Mutter von Petko, groß, knochig, demütig in ihrer Trauer. Und die letzte in der Reihe war Petkos Schwiegermutter; sie barg das Gesicht in der Hand und weinte.

Der Bildhauer hatte diese Frauen aus der Siedlung Solnetschnyj nie gesehen. Er hatte einfach fünf trauernde Frauen geschaffen. Aber vielleicht sind alle weinenden Menschen einander ähnlich. Oder er, der Künstler, hatte mit seinen bloßliegenden Nerven intuitiv den Schmerz der heutigen Zeit erfaßt. Und jeder, der das Denkmal betrachtete, würde Menschen darin erkennen, die er kannte. Allen Schmerz also, den die Menschen fühlten, fühlte auch er. Deshalb war er Künstler. Und sie – die Frau eines Künstlers.

Wie die bewußte Nelka zu sagen pflegte: »Es wird dir nichts geschenkt im Leben.« Und sie bezahlte – und wußte, wofür.

Tamara stand da und konnte den Blick nicht von den weinenden Frauen lösen. Sie hielten sie fest, zogen sie in ihren Bann. Sie verspürte den Drang, mit ihnen zu weinen.

Der Bildhauer erwachte und setzte sich auf. Seine Augen waren rotgeädert. Er sah sie konzentriert an.

»Bist du's?« fragte er zur eigenen Kontrolle.

»Ja. Ich bin zurück.«

»Warst du denn weg?« fragte er erstaunt.

»Ich war zwei Tage auf Dienstreise.«

»Welcher Tag ist heute?«

»Mittwoch.«

»Verdammter Säufer!« verfluchte er sich selbst mit bitterer Stimme.

»Aber du kommst doch zurück?« fragte Tamara taktvoll. Mit ›zurückkommen‹ meinte sie sein Wiederauftauchen aus dem Quartalsrausch.

»Ja. Fragt sich nur, wozu.«

»Um zu arbeiten.«

»Blödsinn. Mir gelingt nichts mehr.«

Tamara wußte, daß er sich bei der Arbeit quälte. Er wurde von Selbstzweifeln zerrissen. Und zu dieser Qual kam noch die Depression nach seinen Trinkexzessen. Bleiern und gepeinigt rollte er in seinem Laufrad hin und her.

»Mein Gehirn hat sich schon verflüssigt. Bald kommt es zur Nase rausgelaufen.«

Er machte sich über sich lustig, aber hinter Selbstironie steckt auch immer Selbstmitleid. Der Bildhauer zerfloß in Selbstmitleid und haßte sich.

»Dummes Zeug. Dir gelingt alles«, sagte Tamara überzeugt. »Dies ist eine deiner besten Arbeiten.«

»Die wurde schon vor mir geschaffen. Im fünfzehnten Jahrhundert. Korowkin meint, ich hätte die ›Beweinung Christi‹ ausgeschlachtet.«

»Nicht ausgeschlachtet, sondern neu gedeutet. Und eigenes hinzugefügt.«

»Findest du?«

»Das seh ich doch.«

»Aber wozu wiederholen, was schon da war?«

»Die Menschen haben im fünfzehnten und im zwanzigsten Jahrhundert gelitten. Auch der gefallene Soldat verkörpert ein wenig Gott. Ist er etwa nicht für die Menschen gestorben?«

»Du bist die einzige, die mich unterstützt. Die mich versteht.«

»Armes Waisenkind ... Alle verstehen dich.«

»Wirklich?«

»Wirklich. Und Korowkin ist ein Schwachkopf.«

Er kam zu ihr, schmiegte sich an sie wie ein Kind im Dunkeln und barg sein Gesicht in ihren Haaren.

»Ich rieche wahrscheinlich so richtig nach Keller«, sagte er schuldbewußt.

»Unsinn. Laß uns nach Hause gehen, und dann bekommst du was Warmes zu essen. Mutter hat Bohnensuppe gekocht.«

Tamara geleitete ihren Mann aus dem Atelier. Er stützte sich schwer auf ihren Arm, als fürchtete er, verloren zu gehen.

»Für dich«, sagte ihre Mutter und legte den Hörer neben den Apparat. »Wer ist das?«

Sie wollte einfach alles wissen.

Tamara ging ans Telefon. Sie wußte, daß Jura dran war. Wußte es schon, bevor sie seine Stimme hörte.

»Ja«, sagte Tamara.

»Ich fahre heute zurück«, sagte Jura ruhig. »Ich rufe nur an, um mich zu verabschieden.«

Tamara schwieg. Wartete auf Fragen. Aber es kamen keine.

»Willst du mich gar nichts fragen?«

»Nein. Ich hab schon verstanden.«

»Was hast du verstanden?«

»Alles. Du sollst wissen, daß ich schon bald nicht mehr in Moskau bin. Du sollst beruhigt sein. Deshalb rufe ich an.«

»Wann fährst du?«

»In einer Stunde.«

»Willst du mich nicht mehr sehen?«

»Nein.«

»Bist du gekränkt?«

»Nicht deshalb. Ich hab mir das Gesicht aufgeschlagen und will nicht, daß du mich so siehst.«

»Wie, das Gesicht aufgeschlagen?«

»Ich hatte mir das Motorrad eines Freundes ausgeliehen und bin gegen einen Baum gefahren.«

»Tat es sehr weh?«

»Natürlich tut es weh, wenn es das Gesicht erwischt.«

»Welche Wagennummer hast du?«

»Ist doch egal.«

»Welche Wagennummer hast du?«

»Fünf, wenn du es unbedingt wissen willst. Aber ich will nicht, daß du mich siehst. Und ich möchte dich auch nicht sehen.«

»Wie du meinst...«

»Leg auf«, bat er.

Hinter ihr stand ihre Mutter. Tamara legte auf.

»Wer war das?« fragte die Mutter mißtrauisch.

Tamara gab keine Antwort. Sie ging zu Aljoscha hinüber, um Tonleitern mit ihm zu üben.

Ihr Mann schlief in seinem Zimmer hinter fest zugezogener Tür. Er schlief aus und regenerierte sich dabei. Bald würde alles wieder seinen gewohnten Gang gehen.

Aljoscha starrte stumpf in sein Notenheft.

»F – h«, begann Tamara.

»Quarte.«

»Weiter.«

»Zwei Ganztöne, ein Halbton.«

»Denk nach...«

Aljoscha runzelte angestrengt die Stirn.

»Stell dir die Tastatur vor. Wie viele schwarze Tasten liegen zwischen f und h?«

»Drei.«

»Also?«

»Drei Ganztöne«, fiel der Groschen.

»C-as.«

»Eine Sexte«, zählte Aljoscha unter Zuhilfenahme der Finger.

»Was für eine, eine große oder eine kleine?«

Aljoscha überlegte und bewegte dabei die Augenbrauen.

Tamara stand abrupt auf und ging aus dem Zimmer. Aljoscha nahm an, seine Mutter wäre nur für ein paar Minuten hinausgegangen und käme gleich zurück. Er wartete und vergaß dabei die Sexte. Er vergaß alle Sexten, Quinten und Quarten, sobald er die Gelegenheit hatte, sich zu drücken. All diese Ganz- und Halbtöne waren ihm ein Greuel, er begriff nicht, wozu man sie kennen mußte. Und wozu er überhaupt Musikunterricht hatte, wo man doch einfach eine Platte auflegen und jede Musik in der besten Ausführung hören konnte. Früher gab es diese Technik nicht, deshalb mußte man ein Instrument erlernen. Man spielte selbst und hörte sich dabei zu. Aber heute ... Wozu sich seine ganze Kindheit vermiesen, wenn man später doch kein Instrument anfaßt. Sondern eine Kassette mit Wysotzkij einlegt oder mit diesem anderen da ... wie hieß er noch ... mit Celentano. Wozu etwas tun, was einem später überhaupt nichts nützen würde. Wenn sie ihm wenigstens das Gitarrespielen beibrächten. Dann würde er eigene Lieder schreiben, selbst spielen und selbst singen. Sich selbst ausdrücken. Die totale Selbstverwirklichung. Aljoscha hing seinen Gedanken nach. Seine Mutter kehrte nicht zurück. Er nahm einen Filzstift, schlug das Solfeggiobuch auf und malte den Viertelnoten Ärmchen und Beinchen an. So daß sie wie kleine Männchen aussahen. Und den ganzen Noten malte er Ohren an. Sie sahen aus wie Mickymäuse.

Tamara lief den Bahnsteig entlang. Bis zur Abfahrt des Zuges blieben ganze acht Minuten. Sie mußte noch an fünf Wagen vorbei und sich ins Abteil durchkämpfen. Unbegreiflich, woher die Schnelligkeit, die Kräfte kommen, wenn man sie wirklich braucht.

Jura saß auf dem unteren Bett und las Zeitung. Von seinem rechten Auge aus zog sich ein riesiger, violetter Bluterguß nach unten. Über die Wange lief ein Streifen, wie wenn jemand mit dem Reibeisen über die Haut gegangen wäre. Im Abteil war er bereits auf seinem eigenen Territorium und wirkte wieder ungewöhnlich und streng, wie ein stolzer Engel. Ein von den Menschen verprügelter Engel.

Als er Tamara erblickte, stand er auf. Tamara ging schweigend auf ihn zu. Für Worte blieben keine Zeit. Sie rührte mit den Fingerspitzen zart an seinen blauen Flecken und Schrammen. Wollte fragen: Tut es weh? Aber auch dafür war keine Zeit. Sie schmiegte ihr Gesicht an sein Gesicht. Umarmte ihn und schloß sie beide hermetisch ab. Wieder wurde sie Teil eines Ganzen – und wußte doch, daß dieses Ganze gleich auseinandergerissen, in zwei nutzlose Hälften zerrissen würde.

Die Schlafwagenschaffnerin schaute ins Abteil und sagte:

»Begleitpersonen werden gebeten, den Zug zu verlassen...«

»Geh...« Jura versuchte, sich aus ihren Armen zu lösen.

Tamara umklammerte seine Schultern, als wäre sie eben aus dem elften Stock gestoßen worden und müßte sich um jeden Preis an etwas festhalten.

Zärtlich, aber unnachgiebig löste er ihre Finger, einen nach dem anderen. Tamara begann verzweifelt zu schluchzen.

Hastig küßte Jura ihre Augen, ihren Mund, und sie spürte den Geschmack ihrer eigenen Tränen. Sie schmeckten bitter wie Meerwasser.

Dann nahm Jura sie bei der Hand und führte sie zum Ausgang. Sie folgte ihm gehorsam, ohne die bitteren Tränen zu verbergen. Ihr Gesicht sah verquollen, zerquält und alt aus. Leute liefen in beide Richtungen den Gang entlang, aber Tamara schämte sich nicht. Ihr war alles egal.

Er bugsierte sie aus dem Zug hinaus und kam hinterher. Wollte noch etwas sagen, aber der Zug ruckte an. Jura stieg wieder ein.

»Was wirst du jetzt machen?« rief Tamara unter Tränen.

Sie wollte schreien: Bleib, mach dich unsichtbar, folge mir wie ein Schatten, schlaf mit mir, iß mit mir, laß mich deinen Atem spüren. Ich werde mein Leben leben, und du wirst auch mein Leben leben. Doch unsichtbare Wesen gibt es nicht. Er fuhr davon und nahm jene »reine Liebe« mit sich fort, ohne die es nicht geht. Es geht, wenn man sie nicht kennengelernt hat. Aber wenn man sie einmal kennt...

»Ich bau mir einen Wagen!« schrie er. »Den nenne ich dann Tamara.«

Sie heulte lauthals los, als hätte er etwas Kränkendes gesagt.

Der Zug war abgefahren. Der Bahnsteig hatte sich geleert.

Die Gleise liefen zusammen und wieder auseinander, kreuzten sich, liefen parallel dahin. Tamara stand reglos da, als wäre sie auf der Hälfte des Weges hinter dem Zug zurückgeblieben und wüßte nun nicht, was tun und wohin gehen.

Über den Himmel zog eine große Wolke mit einer Herde von Wolkenkindern im Schlepptau.

Ein halbes Jahr später flog Tamara nach Norden, nicht gerade ans Ende der Welt, aber doch in einen ziemlich weit entfernten Teil des Landes, wo der ehemalige Soldat und jetzige Gefangene Petko Dowgan, Schmied seines eigenen Unglücks, seine Strafe abbüßte.

Tamara hatte sein Gesicht, en face und im Profil, auf Fotos in der Gerichtsakte gesehen, die schon aus dem Gefängnis stammten. Da war er glattrasiert und sah verschreckt aus, mit vor Angst weit aufgerissenen Augen. Es drängte sie, ihn persönlich zu sehen, seine Stimme zu hören, etwas mehr zu verstehen. Vielleicht war er wirklich nur Unkraut und erntete jetzt das Schicksal, das er gesät hatte. Doch vielleicht auch nicht? Vielleicht konnte man noch etwas für ihn tun und ihn aus den Fängen seines

Lebens befreien? Dann würde es ein wenig mehr Gutes in der Welt geben.

Das Gesetz des Häftlings: Nichts glauben, nichts fürchten, um nichts bitten. Petko hatte gebeten, also glaubte er. Noch war er kein richtiger Häftling. Tamara würde ihn sehen, und er sie. Mitten in der Menge der Blinden würde er den Augen eines Menschen begegnen, der ihm helfen will. Und dann wäre der Teufelskreis der Verrohung unterbrochen.

Jura hatte gesagt, daß man alles im Leben mit eben diesen Händen wieder richten könne. Also würde es einen Wagen »Tamara« geben. Irgendwo auf einem Platz würde das Denkmal des gefallenen Soldaten stehen. Der Stier Wadim würde Nachwuchs zeugen. Tamaras Aufgabe war bescheidener: Sie wollte Petko treffen, von dem die Gesellschaft keinerlei Nutzen hatte, nur Scherereien. Aber wie sagte doch Huckleberry Finn: »Wie auch immer ein Mensch sein mag, gut oder schlecht oder weder Fisch noch Fleisch, er ist ein Geschöpf Gottes, und der Wille Gottes ist mit ihm.« Von Gottes Geschöpf Petko hatten alle sich abgewandt: die Frau, die Kolchose, die Zeitung. Tamara wußte: Wenn sie nicht half, half niemand.

Von zu Hause loszukommen, war wie immer nicht leicht gewesen. Ihr Mann hatte Herzbeschwerden, der Motor stotterte. Das war auch kein Wunder. Selbst ein Auto bringt man einmal im Jahr zur Wartung – ein Ding aus Blech und Eisen. Und hier ging es um ein lebendiges Herz! Aljoscha hatte um einen Rubel gewettet – und eine Kakerlake gegessen. Statt sich um Aljoscha zu ängstigen, hatte die Mutter aus irgendeinem Grund Partei für die

Kakerlake ergriffen. Sie nannte Aljoscha einen ss-Kerl und sprach nicht mehr mit ihm. Übersah ihn einfach. Aljoscha hielt das nicht aus und heulte auf dem Klo.

Jura rief nicht an und ließ auch sonst nichts von sich hören; er war wie vom Erdboden verschluckt – oder gen Himmel geflogen, wie ein Engel. Hatte es ihn überhaupt gegeben? Oder war er nur Tamaras Traum entsprungen? Träume werden nicht von ungefähr mit Vögeln verglichen. Sie haben es an sich, davonzufliegen.

Jeder ist von jedem abhängig, und Tamara hing von den Juras und dem Bildhauer ab. Daneben jedoch hat jeder Mensch sein eigenes, ureigenes Leben, sein eigenes musikalisches Thema im Weltorchester sozusagen. Mag es auch klein und harmlos sein, für die Piccoloflöte geschrieben, so darf es doch weder von den ersten Geigen noch von den lauten Pauken abhängen, und es muß gespielt werden.

Sich von zu Hause loszureißen war nicht einfach gewesen, aber es hatte sein müssen. Wie sehr einen das Leben auch durch den Wolf dreht, – man darf es andere nicht spüren lassen, darf niemanden darunter leiden lassen. Zu Tschechows Zeiten hieß das: Jeder erfülle seine Pflicht.

Das Flugzeug flog dahin über Moskau und Dnepropetrowsk, über Juras und Bildhauern, über Wolken und Wolkenkindern. Und die Erde drehte sich langsam und stetig um ihre Achse.

Auch die Erde hatte ihr Laufrad.

## *Zentrum des Gedächtnisses*

Alles begann am Freitagnachmittag, als Warwara Timofejewna vom Bäcker nach Hause kam.

Sie nahm ihre Einkäufe, ein halbes Orlowsker Brot und ein Päckchen Tee, aus dem Netz. Auf der Teepackung stand eine komplizierte Chiffre, die aussah wie ein von einem Spion verschlüsselter Funkspruch: ROSGLAWDIETTSCHAJ GOST 1938–46.

Warwara Timofejewna zerbrach sich nicht weiter den Kopf darüber und stellte das Päckchen auf den Tisch. In diesem Augenblick ging langsam, fast widerwillig, das Küchenfenster auf.

Warwara Timofejewna wußte genau, daß die beiden Fenster, das äußere und das innere, fest verriegelt und verschlossen gewesen waren. Von allein konnten sie sich nicht geöffnet haben, und so sah das Ganze eher nach einem Zaubertrick aus.

Warwara Timofejewna war ein wenig beleidigt über die Zudringlichkeit des Zauberkünstlers, verlor aber nicht die Fassung, sondern stellte augenblicklich die alte Ordnung wieder her: Schloß die Fenster und legte erneut die Riegel vor.

In diesem Moment öffneten sich die Türen des Hängeschranks. Die Tassen begannen auf den Untertassen zu hüpfen, als nähmen sie Anlauf, und dann sprangen sie zu

Boden; die Untertassen, das schnelle Ende einer langen Trennung vorziehend, stürzten sich hinterher.

Warwara Timofejewna sammelte die Scherben auf und warf sie in den Mülleimer. Als sie aus ihrer gebückten Haltung hochkam, sah sie durch die offene Tür, wie die Liege im Wohnzimmer langsam von der Wand zur Mitte rutschte; die Wäschetruhe aber wippte auf ihren Beinen wie ein in Gedanken versunkener Mensch: von den Fersen auf die Zehen.

Warwara Timofejewna faßte an die Wand. Die Wand zitterte, und Warwara Timofejewna kombinierte, daß in Moskau die Erde bebte wie in Taschkent.

Irgendwo hatte sie gehört, daß man sich bei einem Erdbeben in eine Türöffnung stellen muß: Dort bricht es zuletzt oder auch gar nicht zusammen.

Also lief sie über ihren winzigen Flur, stellte sich unter den Sturz der Eingangstür und blieb dort ohne Panik eine, vielleicht auch zwei Stunden stehen.

Dann war sie es leid, so gar nichts zu erleben, und ging los, Erkundigungen über die materiellen und moralischen Verluste bei den Nachbarn einzuziehen.

Bei den Nachbarn war alles wie gewohnt und gehabt.

Warwara Timofejewna kehrte in ihre Wohnung zurück, legte sich mit dem Bauch aufs Fensterbrett und inspizierte die Straße. Draußen gab es keinerlei Anzeichen eines Erdbebens: Die Erde dröhnte nicht, die Hunde bellten nicht, und die Kinder genossen ihre Kindheit. Der zehnjährige Romka-Tatartschonok versetzte einem weichen Ball, aus dem die Luft entwich, einen Tritt. Der Ball klatschte mitten auf die jungen Setzlinge, die Warwara Timofejewna auf dem Hof vor dem Haus gepflanzt hatte.

»Eh! Zum Henker mit dir, du Satansbraten eines fremden Gottes!« schrie Warwara Timofejewna. »Gleich komm ich raus, dann krieg ich dich...«

»Das ist ein Kinderspielplatz und kein Gemüsegarten!« rief Romka frech zu ihr hoch. Solange Warwara Timofejewna oben war, hatte er keine Angst vor ihr. »Fehlt nur noch, daß Sie hier Schweine halten...«

Warwara Timofejewna wollte Romka gerade eine passende Antwort geben, da hörte sie hinter ihrem Rücken ein mittellautes Klirren.

Warwara Timofejewna sah sich um. Auf dem Fußboden lag der Lüster beziehungsweise das, was von ihm übrig war. Und in der Decke klaffte ein schwarzes, unregelmäßiges Loch.

Wenn von einer Naturkatastrophe alle betroffen sind, dann verteilt sich das Unglück gewissermaßen gleichmäßig, und das macht es für den einzelnen weniger schlimm.

Wenn aber von einer Naturkatastrophe nur eine einzige Person betroffen ist, fühlt diese sich zwangsläufig ungerecht behandelt, und jede Ungerechtigkeit hinterläßt Narben in der Seele.

Warwara Timofejewna zog ihren Mantel über und ging zur Hausverwaltung.

Die Hausverwalterin Schura hörte sich ihre Geschichte aufmerksam an. Dann sagte sie, daß von einem individuellen Erdbeben keine Rede sein könne, da es in Moskau keine Vulkane gebe. Wahrscheinlich wackelten die Wände deshalb, weil sich über oder unter Warwaras Wohnung die

Nachbarn prügelten, und in dieser Angelegenheit sei nicht die Hausverwaltung, sondern die Miliz zuständig.

Warwara Timofejewna sagte, daß über ihr eine alleinstehende Mutter wohne, nämlich Tanja, die Tochter der Aufzugswartin, mit ihrem Baby, und daß die beiden keinerlei Interesse daran hätten, sich zu prügeln. Und unter ihr wohnten Zwillingsschwestern, beide schon achtzig. Sie stritten sich zwar manchmal, aber mit solcher Kraft und Leidenschaft könnten sie wohl kaum aufeinander einschlagen.

Die Hausverwalterin Schura äußerte sich nicht dazu – offenbar blieb sie bei ihrer Ansicht –, sondern hob die Arme und steckte ihren runden Haarkamm fest. Wie ein Monument saß sie da mit ihren hochgereckten, kräftigen Armen und in der ganzen überreifen Schönheit ihrer fünfundvierzig Jahre, und Warwara Timofejewna sah sie an und dachte:

»Dumme Kuh!«

Laut aber sagte sie nichts.

Die Hausverwalterin Schura hatte trotzdem gespürt, was Warwara Timofejewna durch den Kopf ging. Aber laut antwortete sie nichts.

Der Milizionär Kostja war noch jung; er ließ den Nagel des kleinen Fingers lang wachsen und wirkte nicht gerade wie ein Vertreter der Macht.

Wie es heißt, wird das menschliche Leben von zwei Trieben regiert: dem Liebestrieb, der für die Nachkommen sorgt, und dem Selbsterhaltungstrieb, der dafür sorgt, daß man so lange wie möglich lebt.

Warwara Timofejewna und Kostja wurden von unterschiedlichen Trieben beherrscht und verstanden einander nicht.

»Warum liegt denn bei Ihnen alles auf dem Fußboden?« fragte Kostja.

Warwara Timofejewna hatte extra nicht aufgeräumt, sondern die Sachen als Beweisstücke liegen gelassen. Außerdem hatte sie vor kurzem noch einen ganz intakten Stuhl mit durchgescheuerter Sitzfläche vom Sperrmüll geholt und dazugestellt, um den allgemeinen Eindruck abzurunden.

»Wozu die Sachen aufheben?« fragte Warwara Timofejewna. »Sie fallen ja doch wieder runter.«

»Also die ganze Zeit fällt was runter?«

»Ja, die ganze Zeit.«

»Und wie halten Sie das aus?« fragte Kostja erstaunt.

»Der Mensch ist schließlich kein Hund. Man gewöhnt sich an alles.«

»Klar...«, sagte Kostja nachdenklich.

Der Mensch ist wirklich kein Hund; als vernunftbegabtes Wesen paßt er sich schneller an seine Umwelt an, so widernatürlich diese auch sein mag.

»Und warum fällt jetzt nichts um?« fragte Kostja.

»Heute ist Samstag. Da haben sie frei.«

»Wer, sie?«

»Woher soll ich denn das wissen?«

Kostja schwieg eine Weile, dann murmelte er unverständliche Wörter vor sich hin:

»Mystik, Phantastik, Krimi...«

»Was?« Warwara Timofejewna verstand kein Wort.

»Haben Sie die Wohnung schon lange?«

»Seit einem Monat.«

»Und wo haben Sie vorher gewohnt?«

»In der Tupikowaja-Gasse. Unser Haus wurde abgerissen. Das müßtest du doch wissen...«

Kostja schwieg diplomatisch. Er machte gern den Eindruck eines echten Spezialisten, der über jeden Bürger mit ständigem oder vorübergehendem Wohnsitz in Moskau genauestens Bescheid weiß.

»Vor dem Krieg hab ich auf dem Dorf gelebt. In Sjuchino.«

»Sjuchino? Wo liegt denn das?« fragte Kostja neugierig.

»Heute nirgends mehr. Die Alten sind gestorben, und die Jungen sind in die Stadt gegangen«, erklärte Warwara Timofejewna. »Da, wo früher das Dorf stand, sind jetzt nur noch die Öfen. Und immer mehr Wildschweine, Luchse und Wölfe gibt es dort.«

Kostja hing seinen Gedanken nach: Er stellte sich das gottverlassene Dorf vor, wo anstelle von Katzen, Hunden und Schweinen nun Luchse, Wölfe und Wildschweine herumliefen.

Und Warwara Timofejewna in ihrem Kleid aus dunkler Zellwolle erschien ihm wie ein Relikt dieses ausgestorbenen Dorfes, wie dessen Repräsentantin.

Plötzlich spürte Kostja den verzweifelten Wunsch, sich mit Tanja zu versöhnen. Es war wahrscheinlich der Liebestrieb, der sich da meldete.

»Und nachts bebt es auch?« fragte Kostja, den Trieb ignorierend.

»Nein, nachts arbeiten sie nicht. Da schlafen sie.«

»Na, dann werd ich mal gehen.« Kostja erhob sich von der Liege.

»Willst du nicht Montag wiederkommen?« bat Warwara Timofejewna. »Sie haben ab acht Schicht.«

»Ich auch«, sagte Kostja. »Die haben ihre Arbeit, ich hab meine.«

Am Montag erschienen bei Warwara Timofejewna die Architekten des Wohnbezirks.

Die Hausverwalterin Schura erklärte, sie hätten den Auftrag, das Haus zu untersuchen: Vielleicht hatte es ja einen Fehler bei der Planung oder beim Bau gegeben.

Einer der Architekten, ein dicker Mann mit Glatze, holte immer wieder ein Fläschchen hervor und zählte daraus Tropfen in ein Glas, und im ganzen Zimmer roch es nach Apotheke.

Warwara Timofejewna war es peinlich, daß sich ihretwegen jemand die Gesundheit ruinierte; sie verkroch sich in die Küche und blieb dort mit schuldbewußtem Gesicht sitzen.

Die Hausverwalterin Schura dagegen lief mit einer Behendigkeit durch die Wohnung, die gar nicht zu ihrem Umfang paßte. Der Besuch der Architekten setzte ihrem Leben deutlich ein Glanzlicht auf.

»Warum tut sich jetzt nichts?« fragte die junge Architektin, die eine schwarzumrandete Brille trug.

»Ich weiß nicht«, sagte Warwara Timofejewna. »Vielleicht haben sie keine Lust mehr...«

»Und was ist das da?« Die Architektin zeigte mit dem Finger auf das Fensterbrett.

Auf dem Fensterbrett stand ein Dreiliterglas, in dem ein zottiger Pilz sein abgeschiedenes Dasein fristete. Warwara Timofejewna ernährte ihn mit Tee und Zucker und erhielt dafür ein säuerlich-herbes, mit nichts zu vergleichendes Getränk. Manche Leuten sagten, der Pilz sei gut für die Gesundheit. Andere behaupteten, man könne an ihm sterben.

Warwara stellte eilfertig eine heilgebliebene Tasse auf den Tisch, seihte den Pilz durch ein Stück gelb gewordene Gaze und hielt der Architektin die Flüssigkeit hin.

Die roch mißtrauisch daran, hob den Blick und sah Warwara Timofejewna an. Warwara Timofejewna lächelte verwirrt und etwas gezwungen. Dann dachte sie: Was lächle ich eigentlich? Bin ich vielleicht weniger wert als die? Und setzte eine finstere Miene auf.

In diesem Augenblick kam der Architekt mit seinen Tropfen in die Küche und fragte mit lauter Stimme, als sei Warwara Timofejewna taub oder total begriffsstutzig:

»Also, Muttchen, du sagst, hier sind Hausgeister am Werk?«

Die Hausverwalterin Schura kicherte charmant.

Warwara Timofejewna sah sie der Reihe nach an und erwiderte nichts.

Die Architekten berieten sich kurz und gingen.

Gegen Abend des nächsten Tages aber erschien Schura bei Warwara Timofejewna und brachte ihr einen Überweisungsschein für die neuro-psychiatrische Ambulanz.

Vor Warwara warteten schon drei Patienten: ein elegant gekleidetes junges Fräulein und zwei Männer in Anstaltskitteln. Zur Ambulanz gehörte auch eine Klinik.

Das Fräulein war nervös, es schaute fortwährend auf die Uhr, während die Männer mit übergeschlagenen Beinen dasaßen und an Fußball und Politik dachten. Vor jedem von ihnen lag ein langer, leerer Tag, und Müßiggang ermüdet genauso wie zu viel Arbeit.

»Sind Sie herbestellt worden?« fragte Warwara Timofejewna das junge Fräulein vorsichtig. Sie dachte: Vielleicht wackeln bei ihr auch die Wände.

»Ich brauche ein Attest«, gab das Mädchen trocken zur Antwort und starrte weiter in sein Buch.

Offenbar wollte es nicht in ein Gespräch verwickelt werden. Warwara Timofejewna dagegen wollte sich gern unterhalten.

»Und was fehlt Ihnen?« fragte sie den Mann im Anstaltskittel, der als erster dran war.

»Ich leide an verkehrten Reaktionen«, erzählte der erste Patient bereitwillig.

»Was ist das?«

»Wenn alle weinen, muß ich lachen. Und umgekehrt. Alle lachen, und ich muß weinen. Jemand rutscht zum Beispiel auf der Straße aus und fällt hin. Alle finden das komisch, aber mich macht es traurig. Oder einer meiner Bekannten benimmt sich gemein, und seine Frau regt sich darüber auf, aber ich muß lachen.«

Warwara Timofejewna bemerkte, daß die Augen des Mädchens nicht mehr den Zeilen folgten, sondern auf eine Stelle starrten. Das Mädchen folgte dem Gespräch.

»Und in der letzten Zeit hab ich angefangen, Tag und Nacht zu verwechseln. Tagsüber schlafe ich, nachts lese ich und gehe spazieren ...«

»Wie ist das denn gekommen?« fragte Warwara Timofejewna neugierig.

»Schauen Sie, ich wohne am Kursker Bahnhof, und meine Fenster gehen auf die Ringstraße. Tagsüber ist es dort furchtbar laut und auch stickig wegen der Abgase, aber nachts ist es ruhig, und die Luft ist sauber. Ich hab mich schon daran gewöhnt. Meinen Hund hab ich auch umerzogen.«

»Aber warum sind Sie dann in Behandlung?« fragte das Mädchen.

»Das ist doch nicht normal«, antwortete der erste Patient.

»Kann sich denn nicht jeder seine Normen selbst setzen?«

»Nein, das kann man nicht. Wir leben in der Gesellschaft und müssen uns ihren Gesetzen unterwerfen.«

»Und ich muß aus irgendeinem Grund immerzu weinen«, erzählte das Mädchen plötzlich. »Ich hab alles, was man zum Glücklichsein braucht, und trotzdem weine ich.«

Das Mädchen lächelte schuldbewußt. Es hatte ein nettes, jungenhaftes Gesichtchen.

»Das ist gut«, lobte der erste. »Der Mensch braucht negative Gefühle, damit sich seine Psyche normal entwikkelt.«

»Und weshalb sind Sie in Behandlung?« fragte Warwara Timofejewna den zweiten Patienten. Für verkehrte Reaktionen und negative Gefühle ging ihr der Sinn ab.

»Ich schalte mein Gedächtnis aus«, antwortete der Zweite.

Warwara Timofejewna schwieg verdutzt.

»Ich will mich an nichts mehr erinnern«, erklärte der zweite.

»Warum nicht?«

»Weil es Erinnerungen gibt, mit denen man nicht weiterleben kann.«

»Kann man sein Gedächtnis denn einfach so ausschalten?« fragte das Mädchen.

»Natürlich. Indem man das Zentrum des Gedächtnisses mit Novocain blockiert.«

»Aber kann der Mensch denn ohne Vergangenheit leben?«

»Nein. Das kann er nicht. Aber jeder hat eine nähere Vergangenheit, das ist die seines eigenen Lebens; und dann hat er noch eine ferne, das ist das Gedächtnis seiner Vorfahren. Und das seiner Nachkommen. Dieses Gedächtnis existiert automatisch in jedem Menschen, von Geburt an. Und es läßt sich aktivieren.«

»Und wie?«

»Mit einer Elektroschocktherapie. Fünfzehn Sitzungen, jeden zweiten Tag eine.«

»Was heißt ›Gedächtnis der Nachkommen‹?« fragte das Mädchen.

»Man sagt auch ›Vorahnung‹ dazu.«

»Ich ahne immer die neueste Mode voraus«, sagte das Mädchen erfreut.

»Und bei mir bebt die Wohnung«, sagte Warwara Timofejewna. »Es klopft ständig an die Wände, und die Möbel fallen um.«

Das Mädchen lachte, der erste Patient dagegen wurde

traurig. Warwara Timofejewna sah, daß seine Augen sich mit Tränen füllten. Dieses Mitgefühl eines Außenstehenden kam so unerwartet, daß sie von Dankbarkeit überwältigt wurde. Fast hätte sie gesagt: »Soll sie doch beben, Schwamm drüber …«

»Ob die mir hier helfen können? Ich weiß nicht …« meinte Warwara Timofejewna nachdenklich.

»Das ist das Gedächtnis, das klopft«, sagte der zweite Patient.

Aus dem Sprechzimmer trat die Krankenschwester und rief:

»Der nächste, bitte …«

Die Psychiaterin hörte sich Warwara Timofejewnas Geschichte von Anfang bis Ende aufmerksam an, ohne sie auch nur einmal zu unterbrechen oder etwa zur Eile zu mahnen: Nun mal zu, du bist schließlich nicht meine einzige Verrückte! Auch sprach aus ihren Augen nicht das herablassende Mißtrauen, dem Warwara Timofejewna bisher immer begegnet war.

Die Ärztin hörte sehr aufmerksam zu, nickte verständnisvoll und fragte plötzlich:

»Welchen Monat haben wir jetzt?«

»Mai.«

Warwara Timofejewna wunderte sich darüber, wie jemand leben und nicht wissen konnte, welcher Monat draußen war.

»Und welchen hatten wir davor?«

Wozu sie das wohl wissen will, wunderte sich Warwara Timofejewna wieder.

»April.«

»Richtig«, lobte die Ärztin. »Sagen Sie mal, kann es sein, daß Sie jemand verfolgt?«

»Wie, verfolgt?«

»Na, daß jemand hinter Ihnen herkommt.«

»Meine Nachbarin Lida kommt. Ich bringe ihr das Stricken bei. Und dann kommt noch meine Nichte, die Ingenieurin, und leiht sich Geld bei mir. Aber sonst, nicht daß ich wüßte. Niemand verfolgt mich. Wieso?«

Die Ärztin gab keine Antwort. Sie nahm ein Stück Papier und schrieb etwas auf, den Kopf zur Seite geneigt.

»Haben Sie eigentlich schon mal Hausgeister gesehen?« fragte sie, als ob es das Normalste der Welt wäre, und schrieb dabei weiter.

»Hausgeister nicht. Aber einen Werwolf, als ich klein war.«

Die Ärztin hörte auf zu schreiben und fixierte Warwara Timofejewna.

»Als kleines Mädchen bin ich mal am Hof vom alten Ignasch vorbeigekommen. Großvater Ignasch stand vor der Hütte. Plötzlich seh ich, ein Feuerball fliegt über den Himmel. Und auf einmal knallt er gegen einen Baum! Und dann zerfiel er. Und statt Ignasch stand ein Kater da.«

»Und was hat der Werwolf damit zu tun?« fragte die Ärztin verständnislos.

»Großvater Ignasch hat sich doch verwandelt! In einen Kater.«*

* Das russische Wort für Werwolf, »oboroten«, ist verwandt mit »oborotit'sja«, eine andere Gestalt annehmen.

»Woran haben Sie das gemerkt?«

»Der Kater war riesig, groß wie ein Lamm. Schnurrbart – wie bei Ignasch, und der Blick – genauso grimmig.«

Warwara Timofejewna sah wieder die Szene vor sich: Die schwarze Wolke über dem Gehöft, der Feuergeist, der dicht über dem alten Zauberer Ignasch dahinflog, der Werwolf-Kater und sie selbst, Warka, atemlos vor Angst, wie sie barfuß davonraste ...

»Möglich aber auch, daß der Großvater, während Sie noch auf den Kugelblitz starrten, in die Hütte ging und statt dessen der Kater herauskam. Das heißt, der Großvater und der Kater hatten gar nichts miteinander zu tun.«

»Sehr gut möglich, ja«, sagte Warwara Timofejewna nachdenklich. Zum erstenmal in diesen fünfzig Jahren zweifelte sie an der Erscheinung ihrer Kindheit: Der Feuergeist war ein Kugelblitz gewesen, Ignasch war Ignasch und der Kater einfach nur Ignaschs Kater. »Sehr gut möglich«, folgerte Warwara Timofejewna und sah die Frau Doktor trübsinnig an.

Die Frau Doktor war zwar füllig, hatte aber eine gute Figur. Und wozu mußte sie überhaupt das so weit zurückliegende, geheimnisvolle Geschehen enträtseln, mußte sie aus dem mysteriösen Werwolf nach so vielen Jahren einen alten, ekligen Kater machen?

Im Wartezimmer war es interessanter zugegangen.

Die Nacht brach an. Am Himmel erschien der Mond. Neben ihm drückte sich ein einsamer Stern herum.

Die Liege war von der Wand abgerückt, stand fast mitten im Zimmer, und Warwara Timofejewna kam es vor, als ob sie inmitten der nächtlichen Schatten und Schattierungen dahinschwamm.

... Serjosha riß seine Ziehharmonika auseinander. Warwara sprang in den Kreis und sang kreischend eine Tschastuschka*:

*Ein Tuch am Hals und eins um den Kopf*
*Ein Bursche im Heu, und einen im Stroh ...*

Warwara flog dahin, mit den Füßen stampfend, die Arme im Rhythmus bewegend, und ihre gelbe Schürze leuchtete in der Nacht. Die Schürze war ein Geschenk, das man ihr aus der Stadt mitgebracht hatte, und sie trug sie bei festlichen Anlässen.

Das ganze Dorf Sjuchino bestand nur aus einer einzigen Straße. An ihrem Ende lag eine kleine Talsenke, dort trafen die Dorfbewohner sich gewöhnlich zum Tanzen.

Serjosha folgte Warwara wohlgefällig mit dem Blick, während seine Frau Sonja oben am Rand der Talsenke stand und beide beobachtete.

Serjosha warf die Ziehharmonika ins Gras, zog eine Tüte Karamelbonbons aus der Hosentasche und näherte sich Warwara aufgeregt, sein Geschenk auf der ausgestreckten Hand.

»Mitka«, flüsterte Sonja ihrem sechsjährigen Sohn zu, »geh zu deinem Papa und sag ihm, er soll dir ein Bonbon geben!«

* Tschastuschka: (folkl.) kurzes, meist vierzeiliges Scherzgedicht mit aktuellem Inhalt, das nach einem bestimmten Rhythmus gesungen wird.

Mitka freute sich, lief schräg den Hang hinunter und fiel über den Vater her:

»Papa, gib mir ein Bonbon!«

Serjosha versetzte dem so ungelegen aufgetauchten Jungen einen Stoß, woraufhin der federleichte Mitka kopfüber ins Gebüsch flog.

Sonja preßte die Fäuste gegen die Schläfen, hob das Gesicht zum Himmel und heulte los. Die neben ihr stehende Walka Malaschkina ließ sich von ihrer Verzweiflung anstecken und begann hysterisch zu schreien und zu jammern. Sogar die alte Kostjutschicha schluchzte auf, weiß der Himmel wieso, entweder aus Blödheit oder vor Schreck.

Im Hof der letzten Isba* des Dorfes fing ein Hund an zu jaulen, ein anderer antwortete. Und im Handumdrehen war das ganze Dorf von einem mehrstimmigen, bunten Geheule erfüllt.

Serjosha hob die Harmonika auf, riß sie auseinander, daß sie sich bog, und spielte laut und verwegen los, alle menschlichen Stimmen übertönend.

Warwara tanzte, die Arme im Rhythmus bewegend, und feuerte sich selbst mit lauten Rufen an: »I-jich, jich!«

Das Dorf heulte.

Warwara tanzte.

Über der Schlucht stand der Mond. Genau derselbe wie heute.

* Russisches Holzhaus

Die Kirche war verschlossen. Auf dem Vorplatz saßen zwei alte Bettlerinnen, die die Zunge wetzten. Sie hatten sich in die allerletzten Lumpen gekleidet – vielleicht absichtlich, um Mitleid zu erregen, aber vielleicht auch, weil ihr Gewissen schon so abgestumpft war, daß es ihnen egal war, wie ihr Aussehen auf Fremde wirkte.

»Wann wird hier aufgemacht?« fragte Warwara Timofejewna.

»Guck doch nach. Irgendwo hängen die Öffnungszeiten«, sagte die eine, etwas besser gekleidete Bettlerin.

Neben der Kirchentür hing tatsächlich ein Zeitplan; er war mit der Schreibmaschine getippt wie eine Speisekarte in der Kantine.

Warwara Timofejewna studierte den Aushang von Anfang bis Ende. Der Pope hatte ein riesiges Programm. Wenigstens eine Notiz an der Tür hätte er hinterlassen können, dachte sie. So weiß man gar nicht, ob man warten soll oder nicht.

Warwara Timofejewna setzte sich auf den Vorplatz und beobachtete verstohlen die beiden Alten. Die eine hatte eine Untertasse vor sich auf die Erde gestellt, die andere eine Konservenbüchse. Gelassen warteten sie auf den Beginn ihres Arbeitstages.

Warwara Timofejewna dachte mit Genugtuung daran, daß sie nie im Leben die Hand nach einer milden Gabe ausgestreckt hatte. Gott wußte das und mußte es ihr anrechnen und Nachsicht üben.

Noch einmal ließ sie in allen Einzelheiten ihr Leben an sich vorüberziehen, Jahrzehnt für Jahrzehnt...

Damals hatte Serjosha Sonja verlassen und war zu Warwara gezogen. Und das ganze Dorf hatte sich heimlich ins Fäustchen gelacht.

Eines Morgens platzte Sonja herein, um Warwara zu verprügeln, aber dann tat sie es doch nicht.

»Du hast einer Frau den Ehemann ausgespannt, oder?« fragte Sonja. Sie trug eine weiße Bluse mit kurzen Ärmeln und gefiel Warwara.

»In der Sowjetunion gibt es zehn Millionen Alleinstehende«, antwortete Warwara sachkundig. »Damit kann man zwei Moskaus bevölkern. Du hast deinen Teil gehabt, jetzt bin ich dran.«

»Aber er hat schließlich einen Sohn«, sagte Sonja. »Der leidet darunter und weint.«

»Er wird sich schon dran gewöhnen«, antwortete Warwara.

»Na warte«, sagte Sonja warnend, »Gott wird dich dafür zur Rechenschaft ziehen.«

Später kam es dann doch noch zu einer Prügelei.

Bei den Malaschkins wurde irgendein Fest gefeiert. Warwara ging hin, und als sie eintrat, klopfte ihr jemand sacht auf den Rücken. Sie drehte sich um – vor ihr stand Sonja.

»Na, wer ist denn da gekommen«, säuselte Sonja, ein Lachen auf den Lippen und in den Augen.

Und während Warwara noch überlegte, was sie antworten sollte, warf Sonja sie schon zu Boden, hockte sich auf sie und zog sie an den Haaren. Die alten Weiber genossen das unerwartete Spektakel. Serjosha aber kam auf die Vortreppe der Isba hinaus und stand da und rauchte, als hätte er nicht das Geringste mit dem Vorfall zu tun. Er blickte zum Horizont, wo ein dunkler Waldstreifen am Himmel klebte.

Vor lauter Gram und Kränkung wünschte ihm Sonja, aus einem dunklen Rachegefühl heraus, heimlich den Tod. Das war im Frühjahr 1941. Zwei Jahre später verbrannte Serjosha bei lebendigem Leib in seinem Panzer. Unter Höllenqualen.

Nach dem Krieg zog Warwara zu ihrer Schwester nach Moskau, in ein kleines Holzhaus mit einem winzigen Vorgarten. Diese Häuschen standen am äußersten Rand von Moskau, und so lebte Warwara in der Stadt und auf dem Land zugleich.

Sie arbeitete in einer Wäscherei an der Bügelmaschine. Viel Wert hatte ihre Arbeit nicht, die Wäsche zerknitterte ja sowieso wieder. Warwara lebte gewissermaßen nur noch aus Gewohnheit. Sie liebte niemanden, und niemand liebte sie.

Warwara lebte ohne Liebe und gewöhnte sich an diesen Zustand. Der Mensch ist eben kein Hund. Er gewöhnt sich an alles.

Nachts vor dem Einschlafen schloß Warwara die Augen und lief und lief und lief...

Sie lief über ein Feld, und mitten auf dem Feld brannte ein Panzer.

Warwara zog den brennenden Serjosha heraus, klopfte die Flammen aus, dann legte sie sich auf ihn: So schützte ihn von unten der Erdboden, von oben sie. Sie schirmte ihn ab vor dem Krieg, vor Sonja, vor dem Schicksal.

Im vergangenen Sommer aber hatte Serjosha die schlechte Angewohnheit angenommen, ihr im Traum zu erscheinen. Er kam, setzte sich auf einen Stuhl, erzählte und scherzte, als ob nichts geschehen wäre.

Anfangs reagierte Warwara nicht darauf, später sagte sie vorsichtig: ›Serjosha, du bist doch tot.‹ Darauf er: ›Du doch auch.‹

Neben Warwara Timofejewna blieb eine Frau stehen und legte ihr zwanzig Kopeken hin. Sie hielt sie für eine Bettlerin.

Warwara Timofejewna wurde ganz verlegen, stand auf und ging zur Kirchentür. Der Pope war noch immer nicht gekommen.

In der Nische über der Tür war die Muttergottes dargestellt. Die Jungfrau Maria.

Warwara Timofejewna blieb eine Weile vor der Jungfrau Maria stehen, dann schaute sie sich verstohlen um und, gebe Gott, daß niemand sie beobachtete, strich ihr zärtlich über die runde, kindliche Wange.

Sonja lebte in Leningrad, in der Alexander-Matrossow-Straße.

Warwara Timofejewna kam frühmorgens in Leningrad an und machte sich direkt vom Bahnhof aus auf die Suche nach der Straße.

Sie wußte, daß Sonja Kinderfrau gewesen war, in einer fremden Familie anderer Leute Kinder großgezogen hatte. Dann waren die Kinder erwachsen, Sonja war alt geworden und lebte jetzt allein. Sie hatte ein eigenes Zimmer und bekam fünfundvierzig Rubel Rente. Ihr Sohn Mitka war schon im Jahre fünfzig in schlechte Gesellschaft geraten und hatte sich irgendwohin abgesetzt.

Warwara Timofejewna fuhr mit der Metro bis zum Finnischen Bahnhof. Von dort nahm sie die Straßenbahn, Linie neun.

Sie stieg an der Haltestelle »Alexander Matrossow« aus und ging an einem langgezogenen, in künstlichem Rosa gestrichenen Gebäude entlang.

Auf dem Weg kam ihr unwillkürlich Sjuchino in den Sinn: ihr ein wenig abseits von den übrigen Höfen gelegenes Haus, der Geruch von altem Korn und von Wachs. Die Talsenke. Und die Eiche jenseits der Senke. Fünfhundert Jahre war sie alt... Der Wald war licht, man konnte durch ihn hindurchsehen wie durch Rauch, denn es gab viele trockene Stämme. Ringsherum Stille, freie Sicht, soweit das Auge reichte. Wie schön doch ihre Heimat war. Aber Schönheit allein reicht dem Menschen nicht. Er braucht auch ein geeignetes Betätigungsfeld.

Warwara Timofejewna ging in den ersten Stock und klingelte. Sonja öffnete selbst. Sie trug eine wattierte, ärmellose Jacke über ihrem Hauskittel und an den Füßen Wollsocken und Galoschen.

Sie musterte Warwara gleichgültig – schwer zu sagen, ob sie sie erkannte oder nicht.

»Erkennst du mich noch?« fragte Warwara.

»Ja«, gab Sonja ruhig zur Antwort.

Sie schwiegen lange. Sonja ließ die Tür nicht los, als fürchtete sie, Warwara könnte in die Wohnung einbrechen.

»Ich hab was mit dir zu besprechen«, sagte Warwara.

»Na gut, komm rein...«

Sie gingen durch den Flur.

Der Flur war lang, schlecht beleuchtet, mit vielen Türen zu beiden Seiten. Früher war das Haus ein Hotel gewesen.

Die Badezimmertür stand offen. Drinnen waren die Wände feucht und rissig, und in den Ecken konnten gut und gern Eidechsen hausen.

Sonjas Zimmer war so klein, daß nur ein Tisch und ein Liegesofa darin Platz hatten. Unter dem Tisch stand eine Schüssel.

»Eng ist es bei dir«, sagte Warwara.

»Dies war früher ein Abstellraum«, erklärte Sonja.

Warwara Timofejewna setzte sich auf einen Stuhl, Sonja auf das Sofa. Den Tisch schmückte eine kleine Vase mit bunt gefärbten Rispen.

»Warum bist du gekommen?« fragte Sonja.

»Mein Gewissen hat mich hergetrieben.«

»Und wo war dein Gewissen früher? Vor dreißig Jahren?«

»Damals liebte ich«, sagte Warwara. »Welches Gewissen stellt sich schon der Liebe in den Weg?«

Sonja musterte Warwara, verglich sie mit der Warwara von damals und registrierte mit Befriedigung, wie gründlich die Zeit mit ihrer Rivalin abgerechnet hatte.

»Was willst du von mir?« fragte Sonja.

»Ich weiß nicht.«

»Warum bist du dann gekommen?«

»Einfach so... Wollte dich um Verzeihung bitten.«

»Was soll das? Wir sind doch alte Frauen inzwischen...«

Mehr hatten sie sich eigentlich nicht zu sagen.

Draußen neben der Tür klingelte das Telefon. Sonja

ging dran und sagte: »Er ist nicht da.« Dann kam sie, vor sich hinschimpfend, ins Zimmer zurück.

In der Wohnung lebte ein Student, der Musikkassetten sammelte und von ganz Leningrad angerufen wurde. Das Telefon hing neben Sonjas Zimmer im Flur und klingelte ununterbrochen, als wäre ein Kontakt kaputt, und Sonja kam sich vor wie eine Angestellte bei der Auskunft.

»Willst du nicht mitkommen und bei mir wohnen?« fragte Warwara Timofejewna plötzlich.

Noch als sie losfuhr, hätte sie nicht genau sagen können, warum sie Sonja eigentlich besuchen und was sie mit ihr besprechen wollte. Aber jetzt war plötzlich, wie von selbst, die Entscheidung gefallen.

»Was hab ich denn bei dir verloren?« fragte Sonja verwundert.

»Ich hab eine eigene Wohnung. Ohne Telefon. Das Haus steht am Wald. Früher war da ein Naherholungsgebiet. Und ein Teich mit Ruderbooten. Ich bekomme sechzig Rubel Rente.«

»Rente bekomme ich auch«, sagte Sonja, in ihrem Stolz getroffen.

Das Telefon klingelte.

Sonja ging wieder an den Apparat, sagte: »Er ist nicht da«, und kam zurück.

»Du hast Serjosha leid getan«, sagte Warwara. »Er hat mir das nie verziehen. Wir waren nicht glücklich miteinander. Besser, er wär bei dir geblieben.«

»Aber wenn er bei mir geblieben wär, hätt er mich dafür gehaßt, daß ich ihn nicht zu dir gelassen habe. Er war ganz verrückt nach dir, wie ein Tiger im Käfig.«

»Das ist die Elektrizität«, sagte Warwara.

»Was?«

»Die Liebe, auf die hat niemand Einfluß. Sie ist Elektrizität.«

Sonja dachte darüber nach. Ihr Gesicht nahm einen schafsähnlichen Ausdruck an.

»Er hatte niemanden außer uns beiden«, sagte Warwara. »Er ist so jung gestorben.«

»Bei mir wär er nicht gestorben«, sagte Sonja. »Er hatte seine Seele verloren.« Sonja begann zu weinen.

Warwara kam ins Grübeln und begann ebenfalls zu weinen.

»Nach ihm hab ich keinen mehr geliebt«, bekannte Sonja.

Sie schwiegen und dachten an die Vergangenheit und an Serjosha, und in der Erinnerung kam er ihnen ideal vor, anders, als er in Wirklichkeit gewesen war. Ihr Gedächtnis löschte alles Bedrückende, Kränkende aus und ließ die Vergangenheit rein und edel erscheinen. Nun liebten sie diese Vergangenheit und sich selbst, wie sie damals gewesen waren, und das versöhnte sie mit ihrer heutigen Einsamkeit und ihrer armseligen Existenz.

»Wir sind uns doch nicht fremd«, stellte Warwara fest. »Wir haben unsere gemeinsamen Erinnerungen. Können uns im Alter helfen. Wer weiß, was passiert... Wenn du krank wirst, lauf ich für dich in die Apotheke.«

»Ich werd's mir überlegen«, sagte Sonja trocken und kniff stolz die Lippen zusammen.

»Tu das, tu das«, antwortete Warwara erfreut. »Ich schreib dir auf jeden Fall die genaue Adresse auf.«

Das Telefon klingelte.

»Stauch sie doch mal richtig zusammen«, riet Warwara. »Oder soll ich das machen?«

»Ja, mach!« willigte Sonja ein. Sie ordnete sich gerne unter, und Warwara bevormundete gerne.

Warwara schob das Kopftuch hinters Ohr zurück und nahm den Hörer ab. Horchte eine Weile hinein und sagte dann:

»Er ist nicht da.«

Offenbar sagte die Person am anderen Ende »Entschuldigen Sie!«, denn Warwara antwortete: »Bitte!«

Am nächsten Morgen kam Warwara Timofejewna mit dem Fünf-Uhr-zwanzig-Zug in Moskau an.

Als sie ihre Wohnung betrat, schwiegen die Wände.

Auch nach dem Mittagessen und am nächsten Morgen herrschte Ruhe.

Warwara Timofejewna ging auf Zehenspitzen durch die Wohnung, wagte nicht einmal, Wasser in den Teekessel laufen zu lassen, um die verletzliche, anfällige Stille nicht zu verscheuchen. Aber alles blieb ruhig, und Warwara Timofejewna begriff, daß die Muttergottes bei Gott ein gutes Wort für sie eingelegt hatte und daß jetzt alles in Ordnung war.

Als erstes stellte Warwara Timofejewna die Möbel wieder an ihren Platz.

Dann sammelte sie die Scherben des Lüsters auf die Kehrschaufel und warf sie in den Müllschlucker. Darauf nahm sie den Stuhl, lud ihn sich bequem auf den Rücken und brachte ihn zurück auf den Müll.

Der Frühling war kalt. Die einen Kinder liefen in Sommer-, die anderen in Winterkleidung herum. Mitten auf dem Hof spielten die Zwillingspärchen aus dem dritten Treppenaufgang: Zwei genau gleich aussehende Mädchen schwangen das Seil, zwei ebenfalls zum Verwechseln ähnliche hüpften. Warwara Timofejewna blieb stehen und wunderte sich über die Laune der Natur, der hier gleich zweimal zwei absolut identische Exemplare der menschlichen Gattung entsprungen waren.

Der junge Professor Wilja, in die allerletzten Lumpen gekleidet wie ein Bettler auf dem Kirchenvorplatz, wusch sein dunkelrotes Auto mit Wasser aus dem Schlauch. Ringsherum war der Asphalt dunkel, und das Auto blitzte in der Sonne wie eine überreife Kirsche.

Romka-Tatartschonok schleppte einen breiträdrigen Roller ins Freie und fuhr mit ihm über die zartgrünen Setzlinge. Fuhr, drehte sich um, betrachtete sein Werk und schaute mit impertinentem Gesichtsausdruck zu Warwara Timofejewnas Fenstern hoch. Die jedoch stand direkt neben ihm, den Stuhl im Anschlag. Romka zog den Kopf ein und verdrehte unschuldig die Augen. »Spiel ruhig, spiel nur, Söhnchen«, sagte Warwara Timofejewna und ging ihres Wegs. Romka sah ihr verblüfft nach; dann schleppte er seinen Roller zur nächsten Straße. Ein Leben ohne Widerstände war nicht nach seinem Geschmack.

In der Gegend des Müllplatzes begegnete Warwara Timofejewna der Hausverwalterin Schura. Sie kam aus einem Geschäft; aus ihrer Einkaufstasche ragte eine Treibhausgurke von so gleichmäßig dunklem Grün, als wäre sie mit Ölfarbe gestrichen.

»Bei mir klopft es nicht mehr«, brüstete sich Warwara Timofejewna vorsichtig und klopfte mit den Fingerknöcheln ans Stuhlbein.

»Und bei mir gab's eine Überschwemmung: In Wohnung sechsundfünfzig ist von oben Wasser reingelaufen«, klagte Schura. »Jetzt wollen sie, daß renoviert wird, die Parasiten... Daß ich ihnen Maler besorge!«

»Dann besorg sie ihnen doch«, sagte Warwara Timofejewna.

»Wem?« fragte Schura und kniff die Augen zusammen.

»Na, den Parasiten!«

»Was kümmern die dich überhaupt?«

»Ich denk nicht an sie. Ich denk an dich. An dein Alter.«

»Wozu das denn?« fragte Schura verwundert.

»Auf das Alter muß man sich von Jugend an vorbereiten. Nachher ist es zu spät dazu.«

Warwara Timofejewna packte den Stuhl richtig an und schleuderte ihn mitten auf den Müll.

»Fahrstühle, Renovierungen...«, sagte Schura plötzlich melancholisch.

Sie wollte noch etwas hinzufügen, aber dann überlegte sie es sich anders, wandte sich um und ging davon, ohne nach rechts oder links zu schauen – als hätte sie jegliches Interesse am großen Ganzen und am Einzelnen verloren.

Es klingelte an der Tür.

Warwara Timofejewna öffnete alle Schlösser und Riegel – und erblickte auf der Schwelle den Milizionär Kostja.

»Ich möchte zu Ihnen«, sagte Kostja lächelnd.

Warwara Timofejewna wollte fragen: Warum? Aber das wäre unhöflich gewesen. »Bei mir klopft's aber nicht mehr«, sagte sie vorsichtshalber gleich.

»Ich weiß«, antwortete Kostja. »Ich hab alles aufgeklärt.«

»Was aufgeklärt?« fragte, plötzlich hellhörig geworden, Warwara Timofejewna. Sie nahm an, Kostja wäre ebenfalls zu Sonja gefahren.

»Einen Kilometer von Ihrem Haus entfernt haben sie ein ATS, ein Fernsprechamt, gebaut«, erklärte Kostja. »Und Ihre Wohnung war so etwas wie der Schwingungsprojektor der Baustelle.«

Warwara Timofejewna verstand kein Wort. Sie wich von der Tür zurück, was man als Beiseitetreten oder als höfliche Einladung auffassen konnte.

Kostja interpretierte die Bewegung richtig und trat ein.

»Was hast du gesagt? Wie war das mit der Schwingung?« fragte Warwara Timofejewna beunruhigt.

»Die Baustelle und Ihre Wohnung lagen auf derselben Schallwelle«, setzte Kostja ihr auseinander. Er sprach langsam und deutlich. »Und deshalb fiel bei Ihnen, als drüben die Pfeiler für das Fundament eingerammt wurden, alles von den Wänden.«

»Wieso?«

»Wegen der physikalischen Gesetzmäßigkeiten. Resonanzerscheinung nennt man das.«

»Aber wieso gerade meine Wohnung?«

»Reiner Zufall«, sagte Kostja. »Ein zufälliges Zusammentreffen.«

»Was für ein Zusammentreffen?« Warwara Timofejewna begriff schon wieder nichts.

»Na ja . . . wie die Liebe.«

»Was hat denn die Liebe damit zu tun?«

»Liebe ist, wenn die Seele eines Menschen Schwingungsprojektor eines anderen ist. Wenn beide eine Wellenlänge haben. Das ist auch ein sehr seltenes Zusammentreffen und totaler Zufall«, sagte Kostja wehmütig.

»Und jetzt wird es also nicht mehr klopfen?« fragte Warwara Timofejewna. Die Liebe interessierte sie nicht.

»Nein. Vorgestern war drüben der letzte Bautag.«

»Und wenn sie nun wieder anfangen zu bauen?«

»An dem Platz fangen sie bestimmt nicht wieder an«, beruhigte sie Kostja.

Kostja ging, und Warwara Timofejewna setzte sich auf ihren Hocker und grübelte über Projektoren und Schwingungen nach.

Einerseits lag sie auf einer Schallwelle mit dem Fernmeldeamt – ein nicht zu bezweifelnder Nachteil. Andererseits, sei es aufgrund der physikalischen Gesetzmäßigkeiten oder aufgrund eines rein zufälligen Zusammentreffens, war sie mit der Außenwelt verbunden, und andere Menschen konnten sie hören.

Hinter der Wand weinte und schrie ein Säugling, und wie es sich so ergab, konnte auch ihn die ganze Welt hören.

Anfang Mai wird die Zentralheizung abgestellt, und frühmorgens ist es in den Wohnungen kalt.

Warwara Timofejewna erwachte von der Kälte und legte sich ihren Wintermantel über die Bettdecke.

Auf der Straße quietschten Reifen.

Warwara Timofejewna trat ans Fenster und sah unten ein Taxi stehen, einen salatgrünen *Wolga* mit den aufgemalten Schachfeldern an den Seiten.

Aus dem Taxi arbeitete sich Sonja im braunen »Bologna«-Regenmantel heraus. Nach ihr stieg der Fahrer aus und stellte ihre Siebensachen um sie herum auf den Bürgersteig. Sonja thronte über ihrem Gepäck wie ein Schornstein über Fabrikgebäuden.

Es war noch ganz früh, die Stadt lag im grauen Morgendämmerlicht.

Irgendwo schlief friedlich das vor lauter Glück unglückliche junge Mädchen. Der Mann mit den verkehrten Reaktionen hatte wohl am Tag zuvor ausgeschlafen und saß jetzt da und las ein Buch.

Und wo war der andere, der mit dem neuen Gedächtnis? Bei seinen Nachkommen? Oder bei den Vorfahren?

Lief er mit einem Speer und im Lendenschurz aus dikken Blättern herum oder wanderte er über den Mond? Oder schrieb er mit einer Bürste Namen in den Mondstaub und wußte nicht mehr, was sie bedeuteten?

## *Gleichgewicht*

Aus einem bestimmten Grund, über den ich mich hier nicht weiter verbreiten möchte, war ich entschlossen, mich umzubringen. Nicht, daß Sie sich jetzt wundern oder erschrecken. Ich versichere Ihnen, die Idee hatten andere auch schon. Bei Marschak stehen die bemerkenswerten Zeilen: *Ganz sachlich kam der Tod und bemächtigte sich des Lebens*... Auch ich hatte meinen Entschluß ganz sachlich und nüchtern gefaßt; nun mußte ich nur noch herausfinden, welcher Abgang wohl der bequemste wäre. Erfahrung in diesen Dingen hatte ich nicht; so wandte ich mich den Beispielen in der schönen Literatur zu. Emma Bovari hat sich vergiftet. Soweit ich mich an die Stelle bei Flaubert erinnere, ist das eine langwierige, qualvolle und, bei den heutigen Möglichkeiten der Medizin, keineswegs sichere Angelegenheit. Erst wird man gerettet, und dann wird noch der Arbeitgeber informiert – denn, so stellt sich heraus, das Leben eines jeden Mitglieds der Gesellschaft gehört der Gesellschaft, und ich bin nicht befugt, mich an gesellschaftlichem Eigentum zu vergreifen. Gift ist also nicht das Wahre. Und erschießen kann man sich auch nicht: Pistolen sind heute ganz außer Gebrauch gekommen. Wir leben nun mal nicht mehr im 19. Jahrhundert, wo jeder, der auf sich hielt, eine Pistole hatte – wie heute ein Feuerzeug oder einen Kugelschreiber.

Was bleibt noch. Sich aufzuhängen ist unästhetisch, aus dem Fenster zu springen einfach grauenvoll. Nein, ich wollte, daß der Tod sich unmerklich näherte, mich liebevoll bei der Hand nahm und fortführte wie ins Glück. Wie in die Arme eines geliebten Menschen, von dem man lange getrennt war. Denn so ist es doch. Das Leben trennt uns von der Ewigkeit. Ich bin aus der Ewigkeit gekommen und gehe wieder in sie ein. Das Leben ist eine Pause zwischen diesen beiden Ewigkeiten, und es ist ausschließlich meine Sache, wie lange die Pause dauert.

Ich stellte mir die Frage, was ich am liebsten tue.

Am liebsten freue ich mich. Aber daran ist noch niemand gestorben.

Außerdem schlafe ich gerne. Also mußte ich im Schlaf sterben.

Man kann, um so zu sterben, Schlaftabletten schlucken. Doch da es im Handel immer nur eine Packung auf einmal gibt, hätte ich eine Woche lang sammeln müssen – und in der Zeit hätte ich leicht meinen Entschluß überdenken oder mich neu orientieren können. Der Grund, über den ich mich hier nicht verbreiten möchte, wäre zwar bestehen geblieben, aber meine Einstellung zu ihm hätte sich ändern können.

Eine andere Möglichkeit, für immer einzuschlafen, wäre: zu erfrieren wie der Postkutscher aus dem Volkslied, draußen in der einsamen Steppe. Zeugen erzählen: Zuerst wird einem kalt, dann heiß, und zum Schluß stellen sich liebliche Träume ein.

Denken Sie jetzt nur nicht, ich scherze oder halte Sie zum besten. Mir ist überhaupt nicht fröhlich zumute, allerdings, um ehrlich zu sein, auch nicht traurig. Ich tue mir nicht leid, ich sehe alles ganz sachlich. Bei Bella Achmadulina stehen die Zeilen: *Laß in den Tod uns beide geh'n ganz unbeteiligt, ohne Mitleid.*

Sie merken schon, ich bin vollgestopft mit Versen aus unserer zeitgenössischen Dichtung. Ein paar Gedichte kann ich sogar ganz, zum Beispiel: *Mir ist es völlig einerlei, wo mich die Einsamkeit erwartet ...* Aber Schluß jetzt mit der Lyrik. Ich habe Ernsteres zu tun.

Ich ging ins Badezimmer und duschte mich von oben bis unten ab. Dann wickelte ich mich in ein Frottéelaken und trat auf den Balkon hinaus – in dreißig Grad Frost.

Kaum stand ich draußen, kam ich mir vor wie Jeanne d'Arc auf dem Scheiterhaufen. Es stellte sich heraus, daß auch Kälte versengen kann; sehr hohe und sehr niedrige Temperaturen rufen den gleichen Effekt hervor. Mir war, als ob ich mitten im Feuer stünde, nur daß der Rauch fehlte. Es war einfach unerträglich, und die lieblichen Träume stellten sich auch nicht ein. Aber vielleicht gab es die sowieso nicht, vielleicht waren sie einfach nur eine Erfindung der Dichter? Um das herauszubekommen, mußte ich allerdings abwarten. Das aber hieß: durchhalten. Und um durchzuhalten, mußte ich mich in die richtige Stimmung bringen. Die richtige Stimmung ist überhaupt das Wichtigste bei allem, was man tut.

Meine Haare wurden augenblicklich zu gläsernen Röhrchen, meine Wimpern wurden weiß, lang und flokkig. Wie ein halbgarer Pfannkuchen hing über mir der Mond am schwarzen Himmel. Ich würde gehen, er aber würde bleiben. Andere würden von der Erde aus zu ihm hochsehen, und auch sie würde er belügen mit seiner Bedeutsamkeit. Überall blinkte Licht aus den Fenstern der Stadt. Hinter jedem Fenster – ein Idiot, oder gleich mehrere auf einmal.

Seitlich von mir ertönte plötzlich ein lautes Rumpeln und Scharren, als wäre ein Bär im Anmarsch. Vielleicht fingen so die lieblichen Träume an … Doch nein, nichts dergleichen. Was geschah, war höchst wirklich: Ein Hüne von Mann kletterte vom Nachbarbalkon herüber und landete mit einem Sprung auf dem meinen. Höchstwahrscheinlich ein Dieb. Er war gerade dabeigewesen, nebenan die Wohnung auszurauben, da waren überraschend die Wohnungsinhaber heimgekehrt, und er hatte es vorgezogen, sich unbemerkt aus dem Staub zu machen. Vielleicht aber auch ein vom Pech verfolgter Don Juan: Hatte nebenan ein Stelldichein gehabt, und der Ehemann war unerwartet zurückgekommen. Worauf er lieber sein Leben riskierte, als sich mit dem Ehemann anzulegen.

Oder handelte es sich womöglich um einen geisteskranken Mörder? Solche Exemplare der menschlichen Gattung soll es ja auch geben. Sie werden zwar in der Regel von der Miliz gefangen, doch bevor es dazu kommt, sind sie meistens noch recht erfolgreich in ihrem Metier. Für mich persönlich wäre das Auftauchen eines Geisteskranken zwar ein Geschenk des Himmels; schließlich würde er meinen Wechsel ins Jenseits erheblich beschleunigen, mich quasi in ein Taxi setzen, damit es bequemer und schneller ging. Aber sagen Sie selbst: Ist es nicht ein Unterschied, ob man freiwillig aus dem Leben scheidet oder gegen seinen Willen hinausbefördert wird, wenn auch im Taxi?

Ich kreischte aus Leibeskräften, obwohl mir davon nicht mehr viele geblieben waren.

Der Räuber sah mich – barfuß, durchgefroren, in ein Badetuch gehüllt – und erstarrte zur Salzsäule.

»Was machen Sie denn hier?« fragte er entgeistert, aber mit durchaus kluger Stimme.

»Und Sie?« fragte ich zurück.

Ich konnte die Lippen nicht bewegen und sprach wie ein Bauchredner.

»Ich würde gern durch Ihre Wohnung ins Treppenhaus gehen. Darf ich?«

»Bitte sehr«, sagte ich.

»Und Sie?«

»Was, ich?«

»Bringen Sie mich nicht zur Tür? Ich kenne mich doch mit Ihren Schlössern nicht aus.«

Ein Dieb war er offenbar nicht, sonst wären die Schlösser kein Problem für ihn gewesen.

»Kommen Sie«, willigte ich ein und trat vom Balkon ins Zimmer.

Das Licht brannte. Ich hatte es vorm Tod nicht ausgemacht. Und das Badelaken war gefroren und fühlte sich an wie Blech.

Der »Räuber« folgte mir, unfähig, sich einen Reim auf das Ganze zu machen.

Schließlich hielt er es nicht mehr aus und fragte: »Was haben Sie eigentlich da draußen getrieben?«

»Mir war warm geworden«, erwiderte ich.

»Sind Sie ein Yogi?«

»Ja«, stimmte ich zu, um die Sache abzukürzen.

»Und jetzt ist Ihnen nicht kalt?«

»Nein. Man gewöhnt sich daran.« Wir gingen zur Tür. Ich schloß mit steifen Fingern auf und sah den »Räuber«, bevor ich ihn hinausließ, richtig an. Da versengte es mich wieder, wie zuvor auf dem Balkon. Ich erkannte ihn.

»Sind Sie Onissimow?«

»Nein, ich bin nicht Onissimow. Wer ist das?«

»Nur so... Ein...«

Onissimow war meine erste Liebe. Ich ging damals in die siebte Klasse. Gegenüber unserer Schule war ein Studentenwohnheim, und die Fenster unseres Klassenraumes lagen genau gegenüber von den Fenstern zweier lustiger Studenten. In den Pausen klebten die Mädchen in Trauben an den Fensterbrettern und riefen lauter dummes, fröhliches Zeug hinüber. Und die Studenten hängten sich bis zu den Hüften aus ihren Fenstern und schrien genauso schwachsinniges Zeug zurück. Und alle amüsierten sich königlich. Einer der Studenten war Onissimow. »Ich heiße Onissimow!« brüllte er zu uns herüber. Er war blond, hatte ein gut geschnittenes Gesicht und starke Arme mit kräftigen Händen. Die habe ich mir gemerkt.

Die Liebe zu Onissimow hatte sich damals wie der Stachel des Glücks in meinem Herzen eingenistet, aber ich habe sie nie ausgedrückt, meine Liebe. Nie hing ich kreischend am Fensterbrett. Ich stand hinter den Rücken der anderen, sah ihn an und konnte den Blick nicht von ihm wenden. Wahrscheinlich hat er mich nie gesehen. Und ahnte nichts von meiner Liebe.

Im Unterricht verrenkte ich mir ständig den Hals nach Onissimows Fenster. Manchmal war er kurz zu sehen, und dann machte mein Herz einen Sprung, löste sich sanft von seinem angestammten Platz und schwamm wie schwerelos in meinen Bauch. Ich fiel fast in Ohnmacht.

Dann kam ich in die achte Klasse, und die Fenster unseres Klassenraumes gingen auf die andere Seite. Damit hatte alles ein Ende. Wir lernten uns nie kennen, er konnte mich nicht enttäuschen, und meine Liebe zu ihm blieb unversehrt. Wie Met in einem Sarkophag. Kürzlich haben sie aus den Tiefen der Zeit einen Pharao ausgegraben. Von ihm selbst war nicht mal mehr ein Knopf übrig, aber die Amphore mit Met stand noch da wie eh und je. Mach's dir bequem und trink Tee. Genauso unversehrt war meine Liebe zu Onissimow.

Nicht, daß ich mein Leben lang auf ihn gewartet hätte. Er konnte nicht erscheinen, denn er kannte mich ja nicht. Damals, am Fensterbrett, war die bildhübsche, rothaarige Ritka Nossikowa die Königin gewesen. Ich aber stand im Rücken der anderen – mit meiner Brille und den Wasser ziehenden Strümpfen, den Kopf voll von Gedichtzeilen und ganzen Gedichten. Er sah mich nicht und hatte natürlich auch keine Ahnung von meiner Liebe. Aber ich vergaß ihn nie; er wurde ein Teil meines Lebens. Und daß er gerade in dieser schicksalhaften Minute bei mir auftauchte, war einerseits einfach unglaublich und andererseits völlig natürlich.

»Nein, ich bin nicht Onissimow«, wiederholte er. »Aber ich werde alle naslang mit jemandem verwechselt. Ständig sehe ich jemandem ähnlich.«

Er sah Onissimow wirklich ähnlich, doch ich konnte mich auch täuschen. Seit damals, seit der siebten Klasse und meinem vierzehnten Lebensjahr, war viel Wasser den Berg hinuntergeflossen. Und ich hatte ihn ja auch nur von weitem, über die Straße hinweg, gesehen.

Ich warf einen Blick auf seine Hände. Solche Hände konnten weder stehlen noch töten. Aber zärtlich sein konnten sie.

»Auf Wiedersehen«, sagte Nicht-Onissimow. »Entschuldigen Sie.«

Ich machte die Tür hinter ihm zu und merkte, daß mir die Lust auf den Balkon vergangen war. Ich war einfach nicht mehr in der richtigen Stimmung dafür.

Ich ging ins Badezimmer, ließ heißes Wasser in die Wanne laufen, legte mich hinein und taute langsam wieder auf, wie ein aus der Kühltruhe genommenes Huhn. Allmählich, schichtweise, kehrte die Wärme in meinen Körper zurück. Immer tiefer drang sie in mich ein, und ich empfand sie als Glück, als ein so reales Glück, daß ich es geradezu mit der Hand berühren konnte.

Nachdem ich gänzlich aufgetaut war, wusch ich mir die Haare mit dem Shampoo *Grüner Apfel* und fönte sie trokken. Der heiße Luftstrahl wehte sie mir von allen Seiten ins Gesicht.

Weiter: Ich entfernte den alten Nagellack von meinen Fingernägeln und trug neuen auf. Dann zog ich mein Hochzeitskleid an. Es war aus weißem Batist mit weißer Stickerei, aus einem jugoslawischen Vorhang geschneidert. Für damalige Verhältnisse war es irrsinnig teuer gewesen. Heute wäre der Preis normal, heute hat man ein anderes Verhältnis zu Preisen. Ich trug das Kleid nur ein einziges Mal, bei meiner Hochzeit. Seitdem hängt es im Schrank wie ein Ausstellungsstück im ethnografischen Museum: Zeugnis meiner Geschichte und meiner glorreichen Vergangenheit.

In vollem Brautstaat ging ich in die Küche, holte eine angebrochene Flasche Sekt aus dem Kühlschrank, setzte mich an den Tisch und drehte das Gas auf, – alle vier Kochstellen und den Backofen. Beißender Knoblauchgeruch breitete sich aus. Mein Kopf schien sich mit Gas zu füllen und wurde ganz leicht.

Denken Sie jetzt nur nicht, ich wäre verrückt. Es geht mir einfach wie einem Flugzeug, dem der Treibstoff ausgegangen ist. Eine Zeitlang fliegt die Maschine im Gleitflug, dann kommt sie aus dem Gleichgewicht – und stürzt ab. In eben diesem Zustand haben Sie mich vorgefunden: Ich bin mir selbst entglitten.

Ich goß mir Sekt ein und trank. Die Küchenwände erbebten, dann begannen sie, sich langsam im hüpfenden Walzerrhythmus zu drehen. Ich konnte ihn regelrecht hören, den Walzer. Gerade wollte ich aufstehen, um mich mit den Wänden zu drehen, da läutete es an der Tür. Zuerst dachte ich, ich hätte nur ein Klingeln im Ohr – aber so hartnäckig und panisch kann es im Ohr gar nicht klingeln. Dann hörte das Läuten auf, und es begann zu klopfen. Irgend jemand hämmerte mit Händen und Füßen gegen die Tür, nahm sogar Anlauf und warf sich mehrmals mit dem ganzen Körper dagegen. Ich begriff: Wenn ich jetzt nicht aufstand und öffnete, würde die Tür aus den Angeln geschlagen werden.

Ich ging hin, schob den Riegel zurück und nahm die Kette ab. Auf der Schwelle stand Nicht-Onissimow. Als er mich in meinem weißen Kleid erblickte, erstarrte er zum zweiten Mal zur Salzsäule. Dann schob er mich resolut zur Seite und ging geradewegs in die Küche, als wäre er hier nicht zu Besuch, sondern bei sich zu Hause. Nicht-Onissimow drehte das Gas ab und riß das Fenster auf. Von draußen wälzte sich eiskalte Luft in die Küche. Sie war zu schwer zum Fliegen.

»Warum haben Sie das Gas aufgedreht?« fragte Nicht-Onissimow streng.

»Ich habe mich aufgewärmt«, antwortete ich.

»Mal ist es Ihnen zu warm, mal zu kalt«, sagte er ungehalten.

»Na und, was geht Sie das an? Wieso rennen Sie hier überhaupt ständig hin und her? Kommen mal zum Fenster, mal zur Tür rein?«

»Weil Sie mir nicht gefallen.«

Er schaute mir direkt in die Augen. Ich nahm die Brille ab, um ihn nicht so deutlich sehen zu müssen.

»Also, warum führen Sie sich so auf? Hat Sie jemand gekränkt?«

»Ich stelle Ihnen doch auch keine Fragen«, sagte ich.

»Fragen Sie ruhig.«

»Warum haben Sie sich über den Balkon verdrückt? Ist der Ehemann gekommen?«

»Ja«, bestätigte Nicht-Onissimow und nickte. »Woher wissen Sie das?«

»Aus Anekdoten. Die typische Situation. Er kam – und zwar ungelegen.«

»Ja. Wir waren nicht verabredet.«

»Das versteht sich von selbst. Das muß man nicht erst groß erklären.«

»Ich wollte ihn nicht sehen. Es ist nämlich so: Ich habe seine Frau getötet.«

Das gab der typischen Situation eine unerwartete Wendung. Ich setzte die Brille wieder auf, um besser sehen zu können, und fixierte meinen ungebetenen Gast.

»Aus Eifersucht?« fragte ich.

»Ich bin Arzt. Chirurg. Ich habe sie operiert.«

»Ach so ... Schlechte Arbeit. Pfusch. Was will man machen ... Das kommt in jedem Beruf vor.«

»Schlechte Arbeit? Das war die Operation des Jahrhunderts! So eine Operation hat bisher nur De Bakey durchgeführt. Haben Sie den Namen schon mal gehört?«

»Nein«, gab ich zu.

Nicht-Onissimow blickte mich so verächtlich an, als wäre De Bakey Shakespeare. Wobei ich Shakespeare auch nicht lese. Ich sehe ihn mir nur im Theater an.

»De Bakey hatte als erster Chirurg der Welt die Idee, eine Herzklappe aus Teflon einzusetzen. Bis dahin gab es nur Kugelklappen, die Kugel übernahm die Funktion der Klappe, aber sie klopfte so laut, daß der Operierte sich wie eine aufgezogene Uhr anhörte. Das Ticken war noch im Umkreis von fünf Metern zu hören. Dann gab es eine Zeitlang Klappen aus Blütenblättern, und dann versuchte man, Schweineherzklappen zu verpflanzen. De Bakey hat als erster Teflon vorgeschlagen. Wissen Sie, was Teflon ist?«

»Nein.«

»Sie wissen aber auch gar nichts. Das ist ein superstrapazierfähiger Kunststoff, daraus macht man Bratpfannen, bei denen man kein Fett mehr zum Braten braucht. Eine Herzklappe aus Teflon verschleißt praktisch nie.«

Wie die erste Liebe, dachte ich. Wäre der Pharao seinerzeit von De Bakey operiert worden, hätte man heute Met und eine Herzklappe gefunden.

»Und Sie haben so eine Klappe eingenäht?« kombinierte ich.

»Nicht eingenäht. Angeklebt. Ich bin noch weiter gegangen als De Bakey. Ich habe zusammen mit Wissenschaftlern fünf Jahre an der Entwicklung eines organischen Klebstoffs gearbeitet, der sich mit der Zeit auflöst. Die Herzklappe wächst ohne eine einzige Naht an, ohne Verletzung des Herzmuskels. Aber die Hauptsache ist die Zeit. Früher hat so eine Operation fünf Stunden gedauert. Heute braucht man nur noch vierzig Minuten dafür, genauso lange wie für eine Blinddarmoperation. Ich habe uns um hundert Jahre vorangebracht. Ich habe die Menschheit praktisch von der Angst vor Herzkrankheiten befreit. In Zukunft wird man Herzen reparieren wie Automotoren in der Werkstatt. Ich habe De Bakey angerufen. Er erwartet mich und meine Patientin. Aber sie kommt nicht auf die Beine.«

»Wieso nicht?«

»Sie kämpft nicht. Sagt, daß sie keine Kraft mehr hat. Und wenn ein Mensch nicht mehr leben will, dann besteht wirklich Todesgefahr. Es spielt sich nämlich alles hier oben ab.« Nicht-Onissimow tippte sich an die Stirn. »Ich hatte mal folgenden Fall: eine komplizierte Tumoreperation, bei der ich mir keineswegs sicher war, ob sie gelingen würde. Der Patient fuhr einen Kühlwagen, lieferte Fisch aus. Er aß nur Fisch, wie ein Kater. Und soff, glaube ich ... Aber das ist nicht wichtig. Während der Operation hatte ich Angst, er würde mir unterm Messer wegsterben. Aber alles ging glatt, ich operierte zu Ende. Nach einer Stunde will ich ihn mir ansehen, auf der Intensivstation, aber sein Bett ist leer. Ich gucke unters Bett, denke, vielleicht ist er rausgefallen. Da ist er auch nicht. Alle laufen los, um ihn zu suchen. Ich schaue in die Toilette – und da sitzt der Mann und raucht. Die Gefährlichkeit der Situation war überhaupt nicht in seinem Hirn angekommen. Und, was glauben Sie, er wurde wieder gesund ... Hier dagegen ... In Amerika würde so eine Operation eine halbe Million Dollar kosten.«

Nicht-Onissimow goß sich Sekt ein und trank.

»Möchten Sie auch?« fragte er und hielt mir das Glas hin, obwohl ich ihm den Sekt hätte anbieten müssen und nicht umgekehrt.

»Danke.« Ich setzte mich.

Nicht-Onissimow setzte sich ebenfalls, aber er trank nicht weiter, sondern erstarrte in gramvoller Pose, das Kinn auf die Hand gestützt.

Ich betrachtete die kindlichen Wirbel auf seinem Hinterkopf, und in meinem Herzen nistete sich der Stachel des Mitgefühls ein.

»Sie können nichts dafür!« sagte ich überzeugt. »Sie haben alles getan, was in Ihrer Macht stand. Wie sie jetzt ... das ist doch ihre Sache.«

»Man kann eine Operation nicht losgelöst vom Patienten sehen. Besser, ein Patient überlebt nach einer schlechten Operation, als daß er nach einer guten stirbt... Und dann kommt auch noch ihr Mann an, um sich zu bedanken. Bringt mir Cognac. Französischen!«

»Also ist es Ihre Wohnung?« fragte ich erstaunt.

»Ja, sicher. Ich wohne einen Treppenaufgang weiter.«

»Ich hab Sie noch nie gesehen.«

»Ich Sie auch nicht.«

»Das heißt also, der Mann sitzt jetzt noch bei Ihnen?«

»Keine Ahnung. Wahrscheinlich.«

»Aber warum konnten Sie die Wohnung denn nicht durch die Tür verlassen?«

»Man kann nicht gut weggehen, wenn man gerade Besuch bekommt. Das ist ungehörig. Also hab ich mich lieber unsichtbar gemacht, statt lange Erklärungen abzugeben. Verschwinden ist etwas anderes als weggehen.«

»Aber ungehörig ist es auch«, widersprach ich. »Sie müssen wieder rüber.«

»Ich muß in die Klinik.«

»Wie spät ist es denn?« fragte ich verwirrt.

»Das ist unwichtig. Ich muß an ihrer Seite sein. Beziehungsweise nicht ›muß‹ – ich kann jetzt einfach *nirgendwo anders* sein.«

»Dann gehen Sie...«

»Aber ich kann Sie nicht allein lassen.«

»Warum nicht?«

»Hab ich doch schon gesagt: Sie gefallen mir nicht.«

»Sie können aber nicht an zwei Orten gleichzeitig sein.«

»Kommen Sie mit«, bat Nicht-Onissimow.

Ich zog mir einen gesteppten Kittel über das Hochzeitskleid, schlüpfte aus den goldfarbenen Sandaletten und stieg in meine Filzstiefel. Nicht-Onissimow war in Jeans und Pullover – so, wie er sich drüben verdrückt hatte.

»Soll ich Ihnen was geben?« fragte ich.

»Was haben Sie denn?«

»Nichts. Bei mir gibt es keine Männersachen.«

»Dann eine Bettdecke«, sagte Nicht-Onissimow ungerührt. »Eine Bettdecke haben Sie doch?«

Ich hatte sogar zwei. Eine Daunendecke und eine wattierte.

Weil sie leichter war, holte ich die Daunendecke. Nicht-Onissimow wickelte sich darin ein.

Die Decke stand ihm ausgezeichnet.

Das Krankenhaus bestand aus mehreren weißen Gebäuden; in der Dunkelheit sah es so aus, als trügen die Gebäude weiße Kittel.

Wir gingen durch eine der Türen und dann in den ersten Stock.

»Warum ersetzt man eigentlich Herzklappen?« fragte ich.

»Weil die alte nicht mehr richtig funktioniert. Ihre war schon so verwachsen, daß mir schleierhaft ist, wie sie damit überhaupt leben konnte.«

»Und wodurch gehen sie kaputt?«

»Nicht ›gehen‹, sondern ›geht‹. Die Mitralklappe. Die zwischen Vorhof und Kammer.«

»Und wieso funktioniert sie nicht mehr richtig? Durch seelische Belastungen?«

»Durch Rheumaattacken.«

»Was für Attacken?«

»Sie sind keine Ärztin. Sie verstehen das nicht.«

Wir betraten sein Zimmer. Nicht-Onissimow warf die Bettdecke auf die Couch und nahm seinen Kittel aus dem Schrank. Dann ging er aus dem Zimmer, kam aber gleich darauf wieder zurück.

»Kommen Sie mit!« kommandierte er. Offenbar war es ihm zu riskant, mich ohne Aufsicht zu lassen.

Der Flur war schwach erleuchtet und leer. Die Patienten schliefen in ihren Zimmern. *Und still, wie Wasser in einer Schüssel, stand das Leben im Schlaf.* Ich habe ›ihr‹ ausgelassen: *... ihr Leben im Schlaf.*

Sie – schlief nicht. Sie lag allein im Zimmer, den Blick zur Decke gerichtet. Unmöglich, ihr Alter zu schätzen: Sie konnte genausogut zwanzig wie fünfzig sein. Aber nicht jünger als zwanzig und nicht älter als fünfzig. Sie sah mit leeren Augen zur Decke und reagierte überhaupt nicht auf unser Erscheinen.

»Alla!« rief Nicht-Onissimow.

Sie blickte weiter zur Decke.

Nicht-Onissimow nahm ihre kraftlose Hand hoch und maß den Puls. Dann legte er die Hand zurück auf ihre Brust.

»Alla!« flehte Nicht-Onissimow leise. »Bitte ...«

Alla hörte ihn nicht. Oder wollte ihn nicht hören. Von ihr ging nur eiskalte Gleichgültigkeit aus.

Nicht-Onissimow wollte noch etwas sagen, aber er konnte nicht. Er wandte sich um und ging wie blind aus dem Zimmer. Als würde er gleich zu weinen anfangen. In seiner Verzweiflung vergaß er sogar mich.

Der Stachel des Mitgefühls durchbohrte mein Herz.

»Bitte...«, wiederholte ich leise und setzte mich zu ihr auf den Bettrand.

Ich setzte mich so, daß ihr Blick mich treffen mußte, daß ich ihr, im Wortsinne, unter die Augen kam. Sie sah mich, wie ich war, in meinem weißen Hochzeitskleid und den Filzstiefeln, und dachte offensichtlich, in diesem seltsamen Aufzug sei der Tod gekommen; doch selbst der interessierte sie nicht.

»Ich verstehe Sie ja«, flüsterte ich erregt, »ich verstehe Sie... Sie haben sich so lange gequält... Unfaßbar, wie Sie so überhaupt leben konnten. Jetzt sind Sie erschöpft und möchten Ihre Ruhe, um jeden Preis. Selbst wenn es die Ewige Ruhe ist. Sie möchten sich ausruhen von den Schmerzen, den Menschen, von allem, was Leben heißt, denn Ihr Leben, das ist eine einzige Folge von Attacken. Niemand kann so lange und ununterbrochen leiden. Sie haben sich überfordert, in Ihnen ist die Antriebsfeder gebrochen. Ich verstehe das gut. Aber, Alla... Sie sind doch nicht allein. Hinter Ihnen steht Ihr Arzt, der Sie ›repariert‹ hat. Hinter Ihnen stehen Hunderte, Tausende von kranken Menschen, für die Ihre Genesung eine unerläßliche Garantie ist. Hinter Ihnen steht De Bakey, der Sie erwartet, und ganz Amerika. In Amerika gibt es schließlich auch Kranke, und da kostet so eine Operation wie Ihre, nebenbei gesagt, eine halbe Million Dollar. Nur Millionäre können sich das leisten, und selbst die nicht alle. Sie dagegen wurden umsonst operiert. Und dabei... zieren Sie sich noch und lassen sich bitten. Gut, vielleicht können Sie auf die Menschheit und auf Amerika und De Bakey pfeifen, weil Sie sie nicht kennen. Aber hinter Ihnen stehen doch auch Ihre Nächsten. Ihr Mann, der dasitzt und nicht schlafen kann, weil er ganz verrückt vor Angst ist... Sie haben einfach nicht das Recht dazu... Hören Sie mich?«

»Wer sind Sie?« fragte Alla leise.

»Niemand«, sagte ich.

»Sie sind keine Erscheinung?«

»Nein. Ich bin ganz real.«

Ich beugte mich nah zu Alla hinunter, und dabei fiel meine Brille auf ihr Gesicht. Alla löste ihre Hand von der Brust, tastete nach der Brille und setzte sie auf.

»Tatsächlich«, sagte sie. »Jetzt sehe ich Sie.«

Vor Begeisterung darüber, daß sie mich sah und hörte, überkam mich regelrecht ein Schüttelfrost. Mich selbst und den Grund, über den ich mich hier nicht weiter verbreiten wollte, hatte ich vergessen. Jetzt gab es nur noch dieses Krankenzimmer, die Augen, in denen wieder Leben war, und Nicht-Onissimow irgendwo hinter der Wand.

»Man darf nicht nur an sich selbst denken. Nicht nur sich selbst lieben, sich selbst bemitleiden. Sonst geht das Gleichgewicht verloren.«

»Was geht verloren?«

»Alles. Alles im ganzen Sonnensystem. Sie haben nicht das Recht dazu!«

»Was wollen Sie von mir?« fragte Alla mit schwacher Stimme.

»Daß Sie auf die Toilette gehen.«

»Wozu?«

»Eine Zigarette rauchen.«

»Ich möchte nicht. Und ich kann nicht.«

»Das wissen Sie doch noch gar nicht, ob Sie es können oder nicht. Kein Mensch kennt alle seine Fähigkeiten.«

Ich umfaßte Allas Schultern und versuchte, sie aufzurichten. Sie klammerte sich an meinen Hals und unterstützte mich.

»Kann die Herzklappe auch nicht abreißen?« fragte Alla. Sie bekam Angst um ihr Leben, das war ein gutes Zeichen.

»Die reißt nicht ab«, versicherte ich, »aber sie wird sich wundern.«

Alla stand auf. Wir legten einander die Arme um die Schultern und gingen langsam aus dem Zimmer in den Flur, ich in meinem weißen Hochzeitskleid und Alla in ihrem weißen Hemd mit dem Klinikaufdruck auf dem Rücken. Langsam, eng umschlungen, bewegten wir uns vorwärts, wie Gespenster anzusehen, und ich hatte das Gefühl: Wenn wir jetzt hochspringen würden, dann würden wir einfach davonschweben. Ihre Schwäche strömte in mich über und meine Freude in sie – jene Freude, die ich mehr als alles andere auf der Welt liebe und an der ich sterben wollte. Jetzt wollte ich nicht mehr sterben. Meine ganze sachliche Einstellung war dahin, hatte sich in Luft aufgelöst. Ich wollte nur noch eins: so umschlungen weitergehen und das fremde, verletzliche Leben schützen – es tragen wie einen Schmetterling auf der Hand.

Der Flur war noch immer leer. Auf einem schmalen Sofa döste die Nachtschwester vor sich hin. Das gemütliche, gleichmäßige Ticken ihres Weckers drang bis in die entfernteste Ecke des Flurs, wie Grillenzirpen.

Nicht-Onissimow kam aus seinem Zimmer, erblickte

uns und erstarrte erneut, diesmal aber gründlich: wie vom Donner gerührt und vom Blitz getroffen ... Er hatte heute eindeutig seinen entgeisterten Tag.

»Guten Abend«, begrüßte ihn Alla, obwohl es schon fast Morgen war.

»Aber ... was machen Sie denn hier?« konnte Nicht-Onissimow gerade noch herausbringen.

»Wir gehen eine rauchen«, sagte ich.

Nicht-Onissimow stürzte auf uns zu. Griff nach Allas Arm und fühlte ihren Puls. Dann wandte er mir sein erschüttertes Gesicht zu und fragte:

»Was haben Sie gemacht, um Himmels willen?«

Der Wecker klingelte. Es war sechs Uhr. Zeit für die ersten Spritzen.

Die Schwester erhob sich von der Liege. Sie war von breiter Statur, trug eine runde Brille und wirkte irgendwie hölzern. Wie Uchti-Tuchti. Das Märchen hatte ich als Kind oft gehört; allerdings hatte ich bis heute nicht kapiert, wer Uchti-Tuchti eigentlich war. Vielleicht ein Huhn, vielleicht ein Igel?

»Hier«, kommandierte Nicht-Onissimow.

Der Taxifahrer hielt vor Nicht-Onissimows Eingang.

»Ich bin furchtbar müde«, sagte Nicht-Onissimow, während er bezahlte. »Ich hab schon die fünfte Nacht nicht geschlafen. Sobald ich oben bin, falle ich ins Bett und schlafe wie ein Toter.«

Wir kletterten aus dem Taxi. Der Fahrer starrte Nicht-Onissimow in seiner Bettdecke verwundert an. Was er wohl denken mochte?

Ich ging auf meinen Eingang zu.

»Wo wollen Sie hin?« rief Nicht-Onissimow hinter mir her. »Hierher!«

Er rief mich wie einen Hund, und wie ein Hund dakkelte ich zu ihm zurück, genauso zutraulich und treuherzig.

»Aber Sie wollten doch schlafengehen«, erinnerte ich ihn.

»Na und? Sie gehen auch schlafen. Sie haben ja sogar Ihre eigene Bettdecke dabei. Da legen Sie sich einfach drunter.«

Nicht-Onissimow ergriff meine Hand und zog mich hinter sich her.

»Ich kann nicht ohne Nachthemd schlafen«, protestierte ich schwach.

»Da kann ich Ihnen auch nicht helfen. Bei mir gibt es keine Frauensachen. Dann gehen Sie eben im Kleid ins Bett.«

Wir stiegen in den Lift. Nicht-Onissimow lehnte den Hinterkopf gegen die Wand und schloß die Augen. Er schlief im Stehen ein wie ein Pferd. Oder richtiger: wie ein Hengst. Ich drückte für ihn auf den Knopf. Die Nummer kannte ich, wir waren ja Nachbarn und wohnten auf derselben Etage.

Ich brachte Nicht-Onissimow direkt bis vor seine Tür. Noch immer halb im Schlaf, versuchte er aufzuschließen, aber der Schlüssel ließ sich nicht drehen.

»Was ist denn das, zum Teufel?« brachte Nicht-Onissimow verblüfft heraus.

Auf der anderen Seite waren Geräusche zu hören. Die

Tür ging auf. Auf der Schwelle stand ein rotkarierter Mann unbestimmten Alters mit zerzaustem Haar. Ich kombinierte: Allas Mann. Man konnte ihm dreißig, aber auch fünfzig Jahre geben. Entweder war er dreißig und sah schlecht aus – was in seiner Lage nicht verwundert hätte –, oder er war fünfzig und hatte sich sehr gut gehalten.

»Sie sind noch hier?« fragte Nicht-Onissimow nicht weiter erstaunt.

»Wo sollte ich denn sonst sein?« wunderte sich dagegen der Ehemann.

Wir standen da und sahen uns an.

»Kommen Sie doch rein«, forderte uns der Ehemann auf. »Legen Sie ab!«

Wir traten ein und legten ab. Nicht-Onissimow warf die Bettdecke von sich und rieb sich die steifgefrorenen Finger. Er sah abgespannt und gleichzeitig glücklich aus. Und machte dabei eine so gute Figur wie Aljoscha Popowitsch nach der Schlacht mit den Tataren.

»Holen Sie Ihren Cognac«, kommandierte Nicht-Onissimow. »Jetzt können wir ihn mit Fug und Recht austrinken. Den haben wir uns redlich verdient.«

»Ich hab ihn schon ausgetrunken«, sagte der Ehemann betreten. »Wo Sie doch so lange weg waren.«

»Ganz?« fragte Nicht-Onissimow verblüfft.

»Na sicher, ganz«, bestätigte der Ehemann schuldbewußt. »Ich hab gewartet und gewartet …«

»Dann gehen Sie nach Hause«, entließ ihn Nicht-Onissimow und rieb sich wieder die Hände, wie ein Mensch, dem etwas geglückt ist. Dieses »etwas« war seine Operation, und die wiederum war das Ergebnis seines ganzen vorangegangenen Lebens. Nicht-Onissimow war sein Leben geglückt. Nicht mehr, aber auch nicht weniger. »Gehen Sie nach Hause.«

»Ich?« vergewisserte sich der Ehemann und zeigte mit dem Finger auf seine rotkarierte Brust.

»Sie beide.« Er wandte sich zu mir. »Ja, Sie auch! Zu Hause ziehen Sie sich richtig aus, dann können Sie auch richtig schlafen. Letztlich ist es doch nicht das Wahre, in Kleidern zu schlafen.«

»Warum jagen Sie mich fort?«

»Weil Sie mir nicht gefallen.«

Er trat nahe an mich heran, nahm mir die Brille ab und betrachtete mein kurzsichtiges Gesicht, streichelte es geradezu mit den Augen.

Mein Herz machte einen Sprung und schwamm wie schwerelos davon.

»Ich glaube fast, ich hab Sie schon mal irgendwo gesehen...«

»Bestimmt haben Sie mich schon mal gesehen. Wir sind doch Nachbarn.«

»Nein, früher.«

Vielleicht damals, im Rücken der anderen. Hinter dem lachenden, breiten Gesicht von Ritka Nossikowa.

»Ich mag jetzt nicht die Treppen runter und wieder rauf laufen. Darf ich über den Balkon klettern?«

»Sie dürfen«, erlaubte mir Nicht-Onissimow. »Aber ich helfe Ihnen.«

Wir gingen auf den Balkon. Nicht-Onissimow reichte mir seine kräftige, schöne, geschickte Hand. Ich stützte mich auf sie und kletterte sicher auf das Geländer.

Die Stadt schlief und träumte ihre Träume vor dem Morgengrauen.

Wie vielen Menschen schon hatte ich im Laufe meines Lebens hilfsbereit die Hand hingestreckt. Doch als ich selbst Hilfe brauchte, war keiner von ihnen zur Stelle. Statt dessen war ein Unbekannter da, mir sozusagen aus heiterem Himmel in den Schoß gefallen. Das Prinzip »Wie du mir, so ich dir« funktioniert also nicht, denn das Gute ist uneigennützig. Wie du mir, so ich einem anderen und der einem dritten – und so weiter durch Zeit und Raum. Wenn nur die Kette nicht abreißt.

Allas Mann trat auf den Balkon heraus und legte Nicht-Onissimow fürsorglich eine Decke um. Der Ehemann bemutterte Nicht-Onissimow, dieser stand mir zur Seite, ich Alla. Alla wiederum half der ganzen Menschheit, und die Menschheit wird – so Gott will – Allas Mann die Hand entgegenstrecken. Und dann wird sich die ganze Welt in einem Reigen zusammenschließen.

Der Himmel wurde heller, das Dunkel ging in Grau über, und der Mond, der seinen schicken, vorteilhaften Hintergrund verloren hatte, verblaßte und machte gar nichts mehr her: Sah weder schön noch häßlich aus. Die Häuser schienen wie in ein Entwicklerbad getaucht: Die Wände waren hell geworden und die Fenster dunkel. Und hinter jedem Fenster, so schien es jetzt, schlief ein Genie, oder gleich mehrere auf einmal.

## *Fuhr ein Griech'*

In der Nacht träumte ich von meinem toten Vater. Er sagte den seltsamen Satz: »Gib Pjotr die Schuhe!«

Hätte es in diesem Augenblick nicht an die Tür geklopft, hätte ich sicher gefragt, warum. Wie kam ich schließlich dazu, Pjotr meine neuen englischen Schuhe zu überlassen? Doch das halblaute, beharrliche Klopfen lotste mich vom Traum in die Wirklichkeit zurück.

Ich öffnete die Augen und wußte zuerst nicht recht: War nun schon Morgen oder noch Abend, oder war es mitten in der Nacht?

»Telefon für Sie!« verkündete meine Nachbarin Schurotschka.

Schurotschka ging bei jedem Klingeln an den Apparat, immer in der Hoffnung, es sei für sie. Es war aber nie für sie, und in jedem ihrer »Telefon für Sie« klang ein Gramm mehr enttäuschter Hoffnung mit.

»Meine Frau hat mich verlassen«, sagte Wjatschik am anderen Ende der Leitung.

»Wie spät ist es jetzt?« fragte ich.

»Acht.«

»Und wann ist sie verschwunden?«

»Ich weiß nicht. Ich bin aufgewacht, und sie war weg. Also bitte, ruf sie an und sag ihr: ›Galja, du hast Wjatschik die Flügel gebrochen. Er kriecht zu Kreuze. Mach mit ihm, was du willst, er läßt sich auf alles ein. Hauptsache, du kommst zurück.‹ Verstanden?«

»Ja«, erwiderte ich.

»Dann wiederhole!« verlangte Wjatschik skeptisch.

»Galja, du hast Wjatschik die Flügel gebrochen. Er läßt sich auf alles ein. Hauptsache, du kommst zurück.«

»Du hast vergessen: ›Er kriecht zu Kreuze, mach mit ihm, was du willst.‹«

»Das kannst du weglassen«, sagte ich.

»Wieso?«

»›Mach mit ihm, was du willst‹ und ›er läßt sich auf alles ein‹ bedeutet dasselbe.«

»Tatsächlich? Na gut«, sagte Wjatschik. »Jetzt ruf sie an und dann gleich wieder mich.«

Wjatschik ist unser Bandleader. Er ist Komponist. Ein schöpferischer Mensch. Ein Urquell sozusagen. Begabte Menschen lassen sich in zwei Gruppen unterteilen:

1. die, die nicht blockiert sind, – das sind die schöpferischen. Zu ihnen gehört Wjatschik.

2. die, die blockiert sind. Zu denen gehöre ich.

Ich höre Musik, verstehe sie auch, aber ich kann sie nicht ausdrücken, und alles bleibt in meiner Seele. Deshalb ist es dort eng und düster.

Ich legte auf und ging in die Küche.

Schurotschka stand vor einem Topf mit Suppe und wartete darauf, daß der graue Schaum aufwallte, um ihn dann auf der Stelle abzuschöpfen und wegzugießen.

Schurotschka gehört zu den Frauen, denen das reifere Alter steht. Aber jetzt war sie noch jung und deshalb nicht sonderlich hübsch.

Schurotschkas Mann war Doktorand; sie hatten einen Sohn, der zur Grundschule ging.

Alle drei hausten in einem einzigen, sechzehn Quadratmeter großen Zimmer, und zwar in Schichtwechsel: Schrieb der Vater an seiner Dissertation, dann strich der Junge durch den Gemeinschaftsflur wie ein wildes Tier durch die Prärie. Und machte der Junge Schularbeiten, dann ging der Vater seinerseits in den Flur hinaus, ließ sich auf der Truhe beim Telefon nieder und las in einer Zeitschrift. Ich sagte »Guten Morgen« und erzählte Schurotschka meinen Traum.

»Hat dein Vater dich in den Arm genommen?« fragte sie.

»Das weiß ich nicht mehr. Was hätte das denn zu bedeuten?«

Schurotschka kostete ihre Suppe und starrte eine Weile geistesabwesend die Wand an, während sie herauszufinden versuchte, was der Suppe noch fehlte.

Das Telefon klingelte.

»Und?« fragte Wjatschik.

»Was, ›und‹?«

»Hast du angerufen?«

»Nein.«

»Ich verstehe«, sagte Wjatschik.

Ich schwieg taktvoll.

»Sie ist noch schlimmer, als du denkst«, sagte Wjatschik. »Du kannst dir überhaupt nicht vorstellen, was die für ein Mensch ist. Die gibt erst Ruhe, wenn sie mich völlig am Boden zerstört hat ... Aber was soll's. Entschuldige. Ich ruf sie selbst an.«

»Tu das nicht«, bat ich.

»Wieso nicht?«

»Du kennst deinen wahren Wert nicht. Du machst die ganze Menschheit glücklich.«

»Ja«, pflichtete Wjatschek mir bei. »Aber mich macht nur sie glücklich.«

»Na gut«, sagte ich nach kurzem Schweigen. »Wie war das mit den Flügeln?«

»›Du hast Wjatschik die Flügel gebrochen. Er kriecht zu Kreuze. Mach mit ihm, was du willst. Er läßt sich auf alles ein. Hauptsache, du kommst zurück‹«, wiederholte Wjatschik die ungekürzte Fassung.

Ich legte auf und wählte Galjas Nummer.

Dort ging lange niemand dran. Wahrscheinlich stand Galja, die Arme in die Hüften gestemmt, vor dem läutenden Telefon und kicherte. Dann nahm sie ab und flötete mit ausländischem Akzent in die Muschel:

»Hello... u« – und betrachtete sich vermutlich dabei selbstgefällig im Spiegel.

»Nimm an, er trennt sich von dir, was machst du dann?« fragte ich.

»Wer ist denn da?« fragte Galja ohne ausländischen Akzent.

»Die Fragen stelle ich. Also, was machst du, wenn Wjatschik sich wirklich von dir trennt?«

Galja wurde plötzlich ganz klein. Wahrscheinlich kam es ihr so vor, als riefe die höhere Gerechtigkeit persönlich an.

»Das, was alle anderen auch tun«, antwortete Galja.

»Alle anderen arbeiten. Aber dazu hast du keine Lust.«

»Ich werde singen.«

»Du kannst doch überhaupt nicht singen.«

Galja war es wirklich völlig egal, was sie sang und wie sie sang: im Sitzen, im Liegen oder im Handstand, Kopf nach unten.

Galja schwieg; offenbar dachte sie nach.

»Aber ich kann nicht mehr«, sagte sie schließlich tonlos.

»Du kannst.«

Ich legte auf und ging zurück in mein Zimmer, um meinen Traum zuende zu träumen.

Um Galja und Wjatschik machte ich mir keine Sorgen. Die würden sich jetzt versöhnen, und dann würden sie sich wieder streiten...

Ich legte mich hin und schloß die Augen. Genauer gesagt: Ich lag da mit offenen Augen hinter geschlossenen Lidern.

Es ist jetzt kurz nach neun. Mika sitzt in ihrem Labor, guckt mit zusammengekniffenem Auge durchs Mikroskop und bemitleidet sich.

Ich rufe sie an, sie nimmt ab und meldet sich mit schwacher, wie verweinter Stimme.

»Was ist los?« frage ich sie.

»Ich habe überhaupt nicht geschlafen«, sagt Mika und schweigt würdevoll.

»Das ist nicht gut«, sage ich. »Nachts muß man schlafen.«

So schleichen wir um das eigentliche Thema herum wie die Katze um den heißen Brei. Das eigentliche Thema aber ist, daß wir nicht heiraten.

Heiraten wiederum tun wir deshalb nicht, weil ich niemandem länger gehören kann als anderthalb Stunden am Tag. Sind die anderthalb Stunden verstrichen, dann befällt mich eine wahnsinnige Ungeduld. Dann möchte ich aufspringen und regelrecht Sturm laufen.

Mika ist der einzige Mensch, der mich nicht ermüdet, weil sich bei ihr Vernunft und Dummheit in idealer Weise paaren. Mit ihr halte ich es drei oder sogar vier Stunden aus. Sie aber braucht mich vierundzwanzig Stunden am Tag und keine Sekunde weniger. Dauernd hackt sie auf Wjatschik herum und versucht, ihn von mir fernzuhalten – denn Wjatschik ist mein Freund. Sie will mich ganz, mit Haut und Haaren. Und hätte sie mich, würde sie jetzt, in ihrem Labor, eins meiner Haare nehmen und unterm Mikroskop seinen Querschnitt untersuchen...

»Telefon für dich«, rief Schurotschka.

Ich wußte, daß es Mika war. Sie spürte es, wenn ich an sie dachte, denn Gedanken können sich materialisieren.

»Hast du das Ticket abgeholt?« fragte Mika.

Sie meinte das Flugticket. Das Flugzeug sollte meinen Körper von Moskau in Richtung Süden befördern, vom Frühling in den Sommer.

»Hab ich«, sagte ich.

Mika schwieg.

Einerseits machte sie sich Sorgen um meine Gesundheit und wollte, daß ich mich erholte, damit ich länger lebte und sie länger liebte. Andererseits fuhr ich fort und ließ sie für vierundzwanzig Tage allein, und volle vierundzwanzig Tage lang würde ihr Leben ohne jeglichen Sinn sein und ihr wie ein Klotz am Bein hängen.

Wenn ich auf Tournee ging oder in Urlaub fuhr, versank Mika jedesmal in einem Meer toter Zeit und trieb darin wie eine Ertrunkene, bis ich zurückkam. Ja, ihr Dasein war sogar noch schlimmer, denn Ertrunkene fühlen nichts, Mika aber litt.

Mika liebte mich mit nie erlahmender Inbrunst, jahraus, jahrein, tagaus, tagein, ganz so, als hätte sie einen Motor in sich, einen ewigen Antrieb, ein Perpetuum mobile, das nie aussetzte.

Wie oft hatte ich diesen Motor fallen lassen, auf ihn eingeschlagen, ihn verschlampt – ohne daß er je rostete, sich abnutzte oder entzweiging. Er war wie eine Batterie, die sich immer wieder wie von selbst auflädt.

»Schade, daß du keinen Urlaub nehmen kannst«, sagte ich.

Mika schwieg. Ob ich es nun schade fand oder nicht, das änderte auch nichts. Ich würde so oder so fahren, und sie mußte so oder so daheim bleiben.

»Ich bin traurig«, sagte Mika.

»Nein«, widersprach ich, »du bist glücklich. Du verstehst es nur nicht richtig.«

Das Leiden ist die Kehrseite der Liebe und gehört als solches auch zum großen Komplex »Glück«.

Mika streckt die Hände nach mir aus, doch ihre Hände greifen ins Leere. Sie hat mich fest in der Hand, doch ich rinne ihr wie Sand durch die Finger. Sie hat mich und hat mich nicht.

Ich spüre die Verwirrung, die in ihr herrscht, und es drängt mich aufzulegen.

»Also bis dann«, sage ich.

»Warte!« ruft Mika.

Ich fühle fast körperlich, wie sie mich am Ärmel festhält. Doch wenn ich festgehalten werde, möchte ich nur eins: mich losreißen und davonlaufen.

Ich stehe da und vergehe vor Ungeduld.

»Na gut, bis dann«, gibt Mika auf einmal nach. »Schönen Urlaub.« Und legt auf.

Sie beklagt sich nicht bei mir über mich, sondern läßt mich ziehen und wünscht mir sogar noch einen schönen Urlaub. Wieso?

Jetzt würde ich am liebsten sofort zurückrufen und kontrollieren, ob noch alles in Ordnung ist mit dem ewigen Antrieb – oder ob mein Egoismus ihn womöglich doch hat durchrosten lassen.

Ich starre auf den Apparat. Und Mika, nehme ich an, starrt auch auf den Apparat.

Da stehen wir nun an entgegengesetzten Enden der Stadt wie die zwei Böcke auf der Bogenbrücke, jeder mit seiner Wahrheit.

O Macht des Mannes, der sein Schicksal nicht in die Hände einer Frau legt!

Das Telefon läutete.

»Sag mir noch etwas Menschliches«, bat Mika.

Schlagartig war ich beruhigt. So verhält man sich, wenn man in der Tasche nach Ausweispapieren und Geld tastet. Die Papiere sind, wo sie hingehören, und augenblicklich vergißt man sie wieder.

»Ich liebe dich«, sage ich zu Mika – und vergesse sie.

Mika wurde unnatürlich still.

»Wo bist du?« fragte ich.

»Hier.«

»Und warum sagst du nichts?«

»Ich weine.«

Vielleicht wird ihr ewiger Motor durch Tränen in Gang gehalten.

Im Flur erschien Schurotschkas Sohn Paschka Samoderkin, ein junger Mann von sieben Jahren.

»Was ist ein Griech?« fragte Paschka.

»Was für ein Griech?«

»›Fuhr ein Griech übern Fluß‹«, zitierte Paschka den Anfang eines Kinderreims.

»Das ist ein Grieche.«

»Und warum heißt es dann nicht: ›Fuhr ein Griech*e* übern Fluß?‹«

»Dann kommt es mit dem Rhythmus nicht hin«, erklärte ich. »Dann müßte es heißen: ›Fuhr ein Griech*e* übern Fluss*e*.‹«

Paschka überlegte eine Weile und sagte:

»Vielleicht kennen sie aber auch einfach unsere Endungen nicht richtig? Wo sie doch Griechen sind!«

Ich sann darüber nach, was ich Paschka antworten sollte. Paschka sann ebenfalls nach, mit abwesendem Blick. »Ich soll mir Fjodor Fjodorowitsch Osmitel zum Vorbild nehmen...«, verkündete er plötzlich.

»Wer ist denn das?«

»Ein Grenzsoldat, ein Held der Sowjetunion. Wir waren mit der Schule im Museum der Grenztruppen.«

»Und wie willst du das machen?« fragte ich interessiert.

Paschka schaute mich an. Dann schielte er zur Wand und überlegte.

»Ich weiß nicht«, meinte er schließlich. »Das haben sie uns noch nicht erklärt...«

Bis zum Abflug blieben vierzig Minuten. Ich stellte mich am Schalter an und checkte ein.

Mein Gepäck bestand lediglich aus einem kleinen Reißverschlußkoffer. Ich gab ihn nicht auf, um bei der Ankunft nicht auf die Gepäckausgabe warten zu müssen.

Wenn ich auf etwas warte, kann ich weder denken noch lesen. Ich warte nur, weiter nichts. In meinem Inneren staut sich kinetische Energie, und es drängt mich, etwas Sinnvolles zu tun. Doch es gibt nichts zu tun. Ich bin gezwungen, mich wie ein wohlerzogener Mensch in mein Schicksal zu ergeben, und dabei fühle ich mich wie eine ungeöffnete Konservendose, die auf kleiner Flamme erhitzt wird.

Ich checkte ein und zog mit meinem Koffer von dannen.

Vom Flughafen bis nach Adler braucht man zwei Stunden mit dem Flugzeug. Vom Flughafen bis zu meiner Wohnung braucht man, mit öffentlichen Verkehrsmitteln, genausolange. Demnach hatte ich ungefähr die Hälfte meiner Reise hinter mir, aber ich fühlte mich schon viel weiter entfernt.

Ich bin völlig losgelöst von meinem Zimmer in der Petroverigskij-Gasse, von der Band, von Mikas Liebe. Ich bin frei, und ich empfinde meine Freiheit als etwas Ungewohntes, so wie ein Häftling, der gerade vor fünf Minuten durch das Gefängnistor auf die Straße getreten ist.

Ich steige die Treppe zum ersten Stock hoch.

Voilá – die Tür mit der Aufschrift FLUGHAFENDIREK-

TOR. Dahinter sitzt wahrscheinlich ein leicht ergrauter Vierzigjähriger und denkt: Nun hab ich's bis zum Direktor gebracht – und was jetzt?

Weiter – der Friseur. Der Salon für Damen.

Und da ist auch die Friseuse, oder vielmehr: die Dame für die Maniküre. Sie sitzt etwas abseits an einem Tischchen und guckt aus dem Fenster, genau wie ich während der Proben. Vielleicht langweilt sie sich so ohne Kundschaft; oder sie macht sich Gedanken über ihre Stellung im Dienstleistungssektor.

Die Maniküre sieht aus wie die Froschkönigin kurz nach ihrer Verwandlung*. Ohne Zweifel ist sie eine wunderschöne Königin, aber es ist auch nicht zu übersehen, daß sie eben noch ein Frosch war. Ihr Mund ist ein bißchen zu breit geraten, und ihre Augen stehen etwas vor.

Ihre Augen sind wie Seen, in denen sich weiße Wolken spiegeln. Sie sind sehr klar, sehr weit. Und ihr Gesicht zeigt einen Ausdruck, als hätte man ihr gerade etwas Interessantes erzählt und sie gebeten, es nicht weiterzusagen.

Nach einer Weile erhob sich die Froschkönigin und verschwand irgendwo im hinteren Teil des Ladens.

Ihre Hals- und Schulterlinie war vollkommen. Wäre sie krumm gegangen, hätte das die Linie zerstört. Deshalb hielt sie sich gerade, und sie ging auch nicht einfach nur, sondern trug Hals und Schultern und das heitere Geheimnis ihres Gesichts wie eine Kostbarkeit vor sich her.

* Das russische, unserem *Froschkönig* entsprechende Märchen hat eine umgekehrte Rollenverteilung: Königs*sohn* und Frosch*königin*, nicht Königs*tochter* und Frosch*könig*.

Die Froschkönigin kehrte mit einem Krug mit heißem Wasser zurück und schaute mehrmals zu mir herüber.

»Was wollen Sie?« fragte sie.

»Eine Maniküre.«

»Setzen Sie sich.« Sie wunderte sich überhaupt nicht.

Vielleicht war dieser Gleichmut ihre ganz spezielle Art von Humor. Vielleicht aber versuchte jeder, auf diese Art mit ihr anzubändeln, und ich war gar nicht so originell, wie ich mir einbildete.

Ich betrat den Salon und setzte mich ihr gegenüber.

Sie hielt mir ihre Hand hin, mit der Handfläche nach oben, und ich legte meine Hand darauf. Ich gab ihr die Pfote wie ein Hund und sah ihr wie ein Hund in die Augen. Doch sie reagierte überhaupt nicht auf meinen Blick. Sie nahm mich keineswegs als Hund an und spielte auch nicht das Frauchen. Kühl fragte sie:

»Möchten Sie die Fingernägel lackiert haben?«

»Natürlich.«

»Mir farblosem Lack?«

»Welcher ist denn jetzt modern?«

»Knallroter. Wie zu NEP-Zeiten.«

»Dann also roten.«

Ich dachte mir, sie würde fragen: »Wozu brauchen Sie lackierte Fingernägel?« Mit dieser Frage hätte unser Gespräch beginnen können. Es hätte heute begonnen und wäre erst in ungefähr fünfzig Jahren zuende gegangen. Doch die Froschkönigin stellte mir überhaupt keine Fragen. Schweigend goß sie Wasser aus dem Krug in ein kleines Plastikgefäß. Gab irgendein Pulver dazu und rührte um, bis es schäumte. Dann tauchte sie mit sachlichem Gesichtsausdruck meine Hand in das heiße Wasser, griff sich meinen kleinen Finger und machte sich daran, alles abzuschneiden, was ihr überflüssig erschien.

Mika bezieht ihre Stärke aus ihrer Abhängigkeit von mir und meinem Leben. Diese hier aber bezieht sie aus ihrer Unabhängigkeit. In zehn Minuten wird sie mich aus ihren himmlischen Augen anschauen und sagen: »Das war's. Sie können gehen.« Und wenn ich mich auf den Kopf stellen würde.

Aus dem Lautsprecher ertönte das Lied von Stenka Rasin, der von der Insel auf den Strom hinausfährt. Die Stimme des Sängers klang kraftvoll, überaus männlich – wahrscheinlich identifizierte er sich mit Stenka Rasin.

Die Froschkönigin bearbeitete meine Finger, einen nach dem anderen, ohne aufzuschauen. Ihre Haare waren weder dunkel noch hell – sie waren blaugrau wie die Federn einer Lerche. Obwohl ich noch nie eine Lerche in der Hand hatte und gar nicht weiß, wie ihr Gefieder aussieht.

»Es war nicht schön, die Perserin zu ertränken«, sagte ich als Kommentar zum Lied von Stenka Rasin.

Die Froschkönigin riß sich von meinem Zeigefinger los und blickte mich unter geschwungenen Augenbrauen an.

»Wieso war das nicht schön?«

»Na, stellen Sie sich doch mal die Situation vor: Sie hat einen Vater, er ist Perser, ein Fürst. Sie ist seine einzige Tochter. Und da kommt ein Fremder, entführt sie aus ihrem Elternhaus und setzt sie in einen Kahn, in dem lauter ungehobelte Räuber hocken. Und statt sie zu beschützen, nimmt er sie und wirft sie über Bord. Mitten hinein in einen Wellenkamm.«

»Quatsch«, sagte die Froschkönigin. »Hier geht es nicht um die Perserin, sondern um die Volksbefreiungsbewegung. Das Interesse der Allgemeinheit muß über dem des einzelnen stehen.«

»Tut sie Ihnen denn gar nicht leid?«

»Das gehört nicht hierher.«

Sie schraubte den Verschluß von einem dunkelfarbigen Fläschchen ab und tauchte einen kleinen Pinsel in das Fläschchen.

Ich war gespannt, was nun kam.

Die Froschkönigin fuhr mit dem Pinsel virtuos über meine zehn Finger. Und schon erglänzten die Nägel in knalligem Rot, wie Fruchtbonbons.

Genau in diesem Augenblick, da ich mit gespreizten Fingern vor ihr saß, sprang der Funke zwischen uns über, jener Funke, der zwischen zwei Gewitterwolken überspringt, die sich ganz nahe kommen. Der Funke, der es blitzen und donnern läßt und dafür sorgt, daß ein Regenguß niedergeht und ein zarter, grüner Keim sich durch die Erde ans Licht bohrt.

»Wozu brauchen Sie denn lackierte Fingernägel?« fragte die Froschkönigin mit bebender Stimme.

Liebend gern hätte ich meine Hände jetzt noch zehn Zentimeter weiter ausgestreckt und sie ihr auf die vollkommenen Linien ihrer Schultern und ihres Halses gelegt.

»Im Westen machen sie das schließlich auch«, sagte ich, und meine Stimme bebte genauso wie ihre.

»Im Westen malen Männer sich auch die Lippen an. Wir sind hier aber nicht im Westen.«

Ich versuchte, meine Erregung hinunterzuschlucken, löste die Augen von ihrem Gesicht und richtete sie auf meine in der Luft hängenden Hände. Mein Blick glitt von den Fingernägeln zum Handgelenk. Und blieb an der Armbanduhr hängen.

Wenn sie den Flugplan hier einhielten, dann war meine Maschine vor drei Minuten abgeflogen. Wenn sie aber, wie überall, mit Verspätungen arbeiteten, wenn sie plötzlich auf die Idee gekommen waren, vor dem Abflug noch schnell eine wichtige Schraubenmutter fester anzuziehen, dann konnte ich es schaffen.

Im nächsten Augenblick hatte ich alle Gefühle fest in mir verschlossen, als hätte ich den Schlüssel zweimal im Schloß gedreht. Ich konzentrierte mich ganz auf mein Ziel.

Drei Sekunden dauerte das Bezahlen bei der Froschkönigin, wobei ich den noch feuchten Nagellack verschmierte.

Und zweiundsiebzig Sekunden später lief ich bereits über das Flugfeld, verfolgt und schließlich festgehalten von zwei Männern mit Dienstmützen. Ich riß mich los und versuchte, nicht mit Worten, sondern mit Gesten, ihnen die Situation zu erklären. Sie brachten mich, nicht mit Gesten, sondern mit Worten, zur Räson.

Die Sache endete damit, daß die Gangway weggefahren wurde und mein Flugzeug zur Startbahn rollte. Ich hätte es noch einholen und mich an seinen Schwanz klammern können; dann wäre ich durch die frische Luft bis Adler mitgeflogen. Der Wind hätte mir um die Beine geweht und mir die Haare aus der Stirn gepustet. Noch hätte ich es einholen können – aber die beiden disziplinierten Genossen ließen mich nicht.

Immer wenn mir ein Flugzeug vor der Nase davonfliegt oder ein Mensch mich verläßt, habe ich das Gefühl, das wäre das letzte Flugzeug, der letzte Mensch in meinem Leben.

So auch jetzt. Ich hockte mich mitten auf dem Flugfeld auf meinen Koffer und ließ den Kopf in die Hände sinken.

Einer der Ordnungshüter blickte auf meine Fingernägel und sagte:

»Gehen Sie zum Flughafendirektor, dort bucht man Sie auf einen anderen Flug um.«

»In zwanzig Minuten geht eine zusätzliche Maschine nach Adler«, sagte der andere. »Wenn er jetzt erst lange herumläuft, verpaßt er die auch noch.«

Der Altruismus ist eine Spielart des Egoismus. Wer seinem Nächsten etwas Gutes tut, berauscht sich immer auch an seiner eigenen Hochherzigkeit. Und wenn nicht das, so ist er doch zumindest sehr zufrieden mit sich.

»Kommen Sie«, sagte der Ältere der beiden, »wir setzen Sie in die Maschine.«

Meine neuen Bekannten gehörten zur Gattung der Egoisten-Altruisten. Sehr wahrscheinlich waren sie abwechselnd hartherzig und hochherzig, prinzipientreu und prinzipienlos. Mir sind selten durch und durch rohe oder absolut edelmütige Menschen begegnet. In der Regel ist der Mensch mal so, mal so. Um sein allgemeines Gleichgewicht zu wahren.

»Warum lackieren Sie sich die Fingernägel?« fragte der Jüngere.

Da erinnerte ich mich wieder an die Prozedur im Frisieursalon und zugleich an die Maniküre-Dame. In den wenigen Minuten, die seither vergangen waren, hatte ich sie völlig vergessen. Die Flugzeuge – das abgeflogene und das nächste – hatten die in mir aufkeimenden Empfindungen ganz und gar ausgelöscht.

Verliebtheiten sind wie gepflückte Blumen oder Sternschnuppen. Genau wie sie verschönern sie das Leben, und genausoschnell welken und vergehen sie.

Jeder Mensch ist sterblich, die Menschheit jedoch stirbt nie aus. Diese Unsterblichkeit verdankt sie der Liebe.

Ich hatte die Froschkönigin vergessen, aber dadurch, daß ich in sie verliebt gewesen war, hatte ich gleichsam an die Unsterblichkeit gerührt und war ein klein wenig jünger geworden.

Das Flugzeug heulte auf, dann nahm es alle Kräfte zusammen. Der Mut der Verzweiflung trieb es die Startbahn hinunter. Immer schneller raste es dahin, immer lauter wurde sein wütendes Heulen. Doch als sich der ohrenbetäubende, höllische Lärm fast bis ins Unerträgliche gesteigert hatte, da hob das Flugzeug plötzlich vom Boden ab und kam zur Ruhe. Es schwebte in der Luft.

Die Passagiere schwiegen niedergedrückt. Sie waren in der Kapsel des Flugzeugs eingesperrt, fühlten sich machtlos und verunsichert.

Mir ist aufgefallen, daß Leute, die mit dem Zug verreisen, gar keine Notiz von der Abfahrt nehmen und sich gleich nach Verlassen des Bahnhofes über ihre hartgekochten Eier und die Räucherwurst hermachen. Im Flugzeug ist das ganz anders. Der Mensch ist nicht dafür geschaffen, sich von der Erde zu lösen; er spürt die Unnatürlichkeit dieser Situation und ist voller Mißtrauen gegen das Flugzeug.

Mir gegenüber saß ein Sechzehnjähriger, ein hübscher und ernster Junge, den man ohne weiteres mit »Sie« angeredet hätte. Neben ihm saß sein Vater. Er und ich waren ungefähr gleichaltrig, sahen aber völlig unterschiedlich aus. Der Vater wirkte respektabel. Sein Aussehen entsprach seinem Alter und seiner gesellschaftlichen Stellung. Meines nicht. Ich war müde, bar jeder knabenhaften Romantik und ohne das Pflichtbewußtsein des Erwachsenen.

Der Vater schob seine Schulter näher an die Schulter des Sohnes, und dieser drückte sich kaum merklich an die Schulter des Vaters, als wollte er bei ihm Liebe und Geborgenheit tanken.

Das Flugzeug gewann an Höhe. Auf den Flügeln bildeten sich dicke Tropfen.

Ich blickte auf die Wolken hinunter und dachte: ›Wenn ich hinausfalle, fangen sie meine sechsundsiebzig Kilo auf und federn sie ab.‹

Und plötzlich wünschte ich mir nichts sehnlicher, als an der rechten Schulter meinen Vater und an der linken Schulter meinen Sohn zu spüren: rechts die Vergangenheit, links die Zukunft, und ich als lebendiges Bindeglied zwischen den beiden Zeiten. Ich habe Wurzeln und Triebe. Also bin ich.

Ich lehnte mich im Sitz zurück und schloß die Augen.

Das Flugzeug brummte gleichmäßig. Es schien sich

überhaupt nicht zu bewegen, sondern einfach mit laufenden Motoren in der Luft zu hängen.

Ganz langsam brach der Flügel ab. Wie gefällt hing er da, dann löste er sich vom Rumpf der Maschine und blieb irgendwo im Nichts zurück. Und dort, wo er vorher befestigt war, gähnte jetzt ein großes Loch.

Die Leute schrien. Das Schreien wurde lauter und lauter, bis es keine Ähnlichkeit mehr mit menschlichen Lauten hatte. Ich spürte, wie das Loch mich ansog, aufsog. Mit ausgestreckten Armen und Beinen, einer großen Krabbe gleich, versuchte ich mich festzuhalten und dem Sog entgegenzustemmen, doch er riß mich unerbittlich und endgültig aus dem Flugzeug hinaus. Die eisige Kälte nahm mir fast den Atem. Ich flog davon. An mir vorbei stürzte, wie eine Sternschnuppe, der brennende Junge. Und ich begann zu weinen. Ich stürzte und beweinte ausgiebig mein Schicksal. Die Wolke hatte mich betrogen. Sie fing mich nicht federnd auf, sondern ließ mich fallen, und ich erblickte die Erde, wie sie mir unaufhaltsam entgegenflog.

Ich erwachte von einem Ruck.

Die Maschine rollte über die Piste. Am Ende der Kabine stand die Stewardeß und wünschte den Passagieren irgend etwas Gutes.

Es war mein achter Urlaubstag.

Der Architekt schaute zu mir herein und fragte, ob ich Lust zu einem Ausflug auf den Kikimora hätte. Zwar war ich nicht sicher, ob ich Lust hatte, doch ich sagte, ich hätte große.

Ich hatte mir ein kleines Zimmer unweit des Meeres, am Fuße des Berges Kikimora, gemietet. Außer mir logierte noch ein Architekt aus Lwow, mit Frau und Stiefsohn, im Haus.

Der Architekt erinnerte mit seinen roten Haaren und seinem fortgesetzten Lächeln an einen Clown. Auf die Frage: »Wie geht's?« antwortete er stets: »Ausgezeichnet!« – und zwar im Brustton der Überzeugung, so daß man ohne weiteres bereit war, ihm zu glauben und sich mit ihm zu freuen.

Der Architekt konnte den Süden nicht ausstehen und pflegte zu erklären, jemand, der in Mittelrußland geboren sei, solle auch in Mittelrußland leben, in der Landschaft Levitans. In den Süden war er nur gereist, um etwas für sein angegriffenes Herz zu tun.

Die Ärzte hatten dem Architekten geraten, daheim ins Krankenhaus zu gehen, doch seine Meinung war: Wenn man im Krankenhaus liegt, an die Decke starrt und ständig auf seinen Herzschlag horcht, regt man sich nur auf und wird pessimistisch, und dann versagt das Herz unweigerlich. Besser, man fährt in den Süden, schwimmt im Meer und steigt auf die Berge. Man muß sein Herz prinzipiell ignorieren, dann wird es sich schon fügen. Wie eine Frau.

Die Frau des Architekten war, für mein Gefühl, eine moderne Raubkatze, doch nicht im vulgären Sinne von: fangen und fressen. Zärtlichkeit und Ergebenheit, also aufrichtige, unbezahlbare Gefühle sind die Waffen, mit denen die modernen Raubkatzen ihre Eroberungen machen. Indes, wenn das Opfer sich nicht gefangen gibt, wenn sie sehen, daß ihre Investition in die Zukunft sich nicht gelohnt hat, ziehen sie ihre gesamte Einlage zurück und legen sie bei einem anderen an. Und wieder Zärtlichkeit, wieder Treue, und nichts, was man ihnen vorwerfen könnte.

Solche Frauen haben in der Regel nur ein Kind, sind mehrfach geschieden und leiden an nervöser Erschöpfung wegen ihrer Sucht, das Unerreichbare zu erreichen. Sie reden viel und flüchten sich in Worte wie der Alkoholiker in den Wodka. Sie bringen es fertig, zehn Stunden am Tag am Telefon zu hängen. Könnte man ihre verbale Energie zu friedlichen Zwecken nützen, gäbe es für Steinkohlekraftwerke keinen Bedarf mehr.

Die Frau des Architekten sprach gerne mit mir über ihr Leben und ihre Zweifel. Sich mit ihr zu unterhalten war ausgesprochen bequem. Da sie sich nicht im geringsten für ihre Gesprächspartner interessierte und nur von sich erzählte, verliefen unsere Unterhaltungen immer in Monologform. Ich dachte währenddessen über mich nach, ebenfalls in Monologform. Hätte man unsere beiden Stimmen – ihre hörbare und meine innere – übereinandergelegt, dann hätte sich eins jener Opernduette ergeben, bei denen die Sänger in verschiedenen Ecken der Bühne stehen und jeder, zum Publikum gewandt, sein eigenes Thema besingt.

Der Sohn der Architektenfrau, Wadik, war ein Kapitel für sich. Wadik war sieben. Er hatte immer einen Zeichenblock dabei und malte, oder besser gesagt: skizzierte die erstaunlichsten Dinge. Unter seinem Bleistift entstanden spitz zulaufende mittelalterliche Burgen, Ritter in schweren Rüstungen mit Spinnenbeinen, und jeder Ritter hatte seinen eigenen Charakter. Manchmal zeichnete Wadik auch seine Träume auf; sie erinnerten an Horrorszenen aus Hitchcock-Filmen.

Ich nannte Wadik »Bauchredner«, weil er sprach, ohne die Lippen zu bewegen. Mit seiner Bauchstimme sagte er meist nur drei Wörter: »Ich will nicht.« Was auch immer man ihm antrug: frisches Obst, das Meer, einen Mittagsschlaf – er wollte nichts; immer war er vertieft in sein irgendwie unkindliches, so gar nicht zu einem kleinen Jungen passendes Leben. Er war ein ausgesprochen künstlerischer Mensch mit einem schwierigen, abstoßenden Charakter. Nur wenn er Angst hatte oder weinte, konnte man sehen, daß er trotz allem ein Kind war.

Ich rüstete mich mit dem Nötigsten aus und trat auf die Veranda. Die ganze Gesellschaft, einschließlich des Jungen, stand bereits auf dem Hof.

Kaum hatte ich mich dazugesellt, setzte sich der Architekt abrupt in Bewegung – wie ein Pferd, dem man die Peitsche gegeben hat.

Es war Mittag. Die Sonne knallte uns direkt auf den Scheitel, und schon nach zwei Minuten merkte ich, daß ich kaputt war. Viel lieber hätte ich mich jetzt auf dem Sofa ausgestreckt und weiter in der *Inostrannaja Literatura* gelesen. Dieser Wunsch war vom Gefühl diktiert; der Verstand dagegen sagte: Mit einer Zeitschrift auf dem Sofa liegen kannst du den ganzen Winter, Frühling und Herbst; auf den Kikimora dagegen kommst du nur im Urlaub und auch nur dann, wenn jemand dich mit raufnimmt.

Nach kurzer Zeit waren wir am Fuße des Berges angelangt und machten uns an den Aufstieg. Beiderseits des Pfades stand grünes Gras, vertrocknete kleine Blumen und ausgedorrte Büsche. Die Felsbrocken und kleinen Steine ringsherum sahen aus, als ob sie nicht vom Berg heruntergerollt wären, sondern schon seit Ewigkeiten hier lägen.

Allen voran ging kraftvollen Schrittes der Architekt. Er nahm die Höhe in gleichmäßigem Tempo – wie ein Lift. Wadik schleppte sich hinter ihm her, die Augen stur auf den Weg gerichtet, und ich wartete nur darauf, daß er nach etwas verlangte, was man ihm hier nicht bieten konnte: nach frischem Obst, dem Meer, einem Mittagsschlaf. Die Frau des Architekten schritt aus wie eine waschechte Bergbewohnerin. Bergbewohnerinnen haben Routine im Überqueren von Gebirgspässen; sie können dabei sogar stricken.

Ich blieb stehen, zog mein Hemd aus und trug es in der Hand weiter. Das Hemd wog so gut wie nichts, aber es kam mir schwer wie Blei vor. Ich war erschöpft, und ich merkte, daß ich ganz automatisch atmete. Ich atmete ein und aus, ohne die Luft zu spüren ...

Irgendwo in der Staropanskij-Gasse lebt mein Sohn Anton Klimow. Seine Mutter und ich haben uns vor zehn Jahren scheiden lassen. Mir ist klar, warum wir uns getrennt haben, aber mir ist bis heute nicht klar, warum wir geheiratet haben. Wahrscheinlich hielten wir das Verlangen unserer jungen Körper für Liebe. Wir verwechselten das eine mit dem anderen. Das war ein Fehler. Anton ist das Produkt dieses Fehlers, aber nichtsdestotrotz lebt er und gedeiht. Wir beide sind zwei schuldlos schuldig gewordene Männer – ein großer und ein kleiner.

Er hat keinen Vater. Ich habe keinen Sohn. So zahlen wir gleichermaßen unseren Tribut an das Schicksal.

Würde ich aber ein zweites Mal heiraten und hätte gar noch ein zweites Kind, dann ließe ich Anton gleichsam am Rand meines Lebensweges zurück und ginge ohne ihn weiter. Natürlich kann ich das tun, doch wie würde ich mich wohl fühlen, wenn hinter mir ein blonder Junge zurückbliebe und mir nachschaute, ein quecksilbriger Bengel mit einem heiseren Baß?

Ich trottete nach Luft ringend den Hang des Kikimora hinauf, ohne einen Gedanken an den Berg zu verschwenden. Ich kann nicht wandern. Ich schleppe wie einen Rucksack meine ganze Vergangenheit mit mir auf den Berg. Entweder müßte ich den Rucksack vergessen, oder ich dürfte nicht wandern.

Menschen überqueren den Ozean auf einem Floß, um ihre Fähigkeiten zu testen. Ich bin überhaupt nicht neugierig auf meine Fähigkeiten. Ich habe etwas gegen falsche Ziele und künstlich herbeigeführte Schwierigkeiten. Und ich bin unfähig, mich zu irgend etwas zu überwinden. Zum Beispiel mag ich keine gekochten Zwiebeln und esse nie welche. Ich tue nichts, wozu ich keine Lust habe.

»Hallo! Hallo!« Das waren meine Gefährten.

Sie hatten einen weiten Vorsprung gewonnen, und sie hätten sich voreinander geniert, mich in den Bergen zu verlieren. Wer weiß, was da alles passieren kann. Es soll ja sogar Bären in diesen Bergen geben...

Meine Synthetikbadehose ließ kein bißchen Luft durch; sie fühlte sich an wie eine Kompresse. Ich blickte um mich. Ringsherum Ödnis, wie am ersten Schöpfungstag. Ich zog Shorts und Badehose aus und ging nackt weiter. Der Wind umfächelte meinen Körper, und das Gehen fiel mir leichter, aber nun machte mich die Vorstellung nervös, es könnte mir jemand entgegenkommen und mich erkennen. Also blieb ich stehen, zog mich wieder an, wanderte weiter. Die Sonne wanderte mit und stach mir mit ihren Strahlen wie mit glühenden Nadeln aufs Haupt.

Der Pfad wand sich durch das Gebüsch, und ich wand mich mit wie ein von seiner Herde abgetrennter Hammel.

Und plötzlich erblickte ich die Meinen. Ich war so überrascht und erfreut, als wären wir uns gerade zufällig im Ausland begegnet, in Argentinien oder in Peru zum Beispiel.

Nicht weit entfernt verlief eine Rohrleitung, die irgend jemand irgendwann hier gelegt hatte. Glitzerndes Wasser floß aus einem Loch. Wadik hielt die hohle Hand unter den Strahl und trank. Ich vermutete, er trank das Wasser, weil man es ihm verboten hatte.

In langer Reihe saßen, dicht an dicht, kleine Vögel auf dem Rohr, die aussahen wie Schwalben. Vielleicht waren es ja auch welche. Fünfzig bis siebzig mochten es sein, und sie ließen sich durch die Anwesenheit der Menschen überhaupt nicht stören. So stelle ich mir das Paradies vor: wohltuende Stille, kleinwüchsige Bäume, glitzerndes Wasser und dem Menschen wohlgesonnene Vögel. Als ich mich dem Rohr näherte, begannen sie hektisch zu zwitschern – gaben ihre Kommentare über mich ab. Sicher sagten sie: »He, da ist ja noch einer!« oder: »Was für ein sympathischer Kerl.« – Vielleicht hatten sie mich aber auch ohne Badehose gesehen und tratschten darüber. – Dann flogen sie plötzlich auf, ballten sich zu einer schwarzen Wolke zusammen und ließen sich wieder nieder, diesmal nicht so dicht beieinander, sondern jeder, wo es gerade kam: auf dem Rohr, im Gras, auf den hingeduckten Bäumchen.

Das Wasser war kalt und schmeckte nach nichts – als wenn man flüssige Luft trinkt. Wahrscheinlich ist natürliches Wasser immer geruch- und geschmacklos. Ich hatte bisher nur noch nie welches getrunken.

Mir war sehr danach, mich ein wenig ins Gras zu legen und die paradiesische Umgebung zu genießen. Doch schon kommandierte der Architekt:

»Weiter geht's!«

Und alle sprangen freudig auf. Offenbar hatten sie ziemlich lange auf mich gewartet und sich so gründlich ausgeruht, daß sie dringend wieder Bewegung brauchten.

Folgsam schloß ich mich als letzter dem kleinen Zug an, hinter der Frau des Architekten. Von Zeit zu Zeit drehte sie sich um und sagte:

»Schauen Sie nur, wie herrlich!«

Und dann kam der Moment, in dem mir klar wurde, daß gleich zweierlei passieren konnte: Entweder mir würden aus irgendwelchen geheimen Reserven meines Organismus noch einmal neue Kräfte zuwachsen, oder ich würde auf der Stelle tot umfallen, in der Blüte meiner Jahre, und Mika ohne Liebe, die Band ohne Trompete, meine Mutter ohne Sohn und meinen Sohn ohne Vater zurücklassen.

Mein Ziel war der Gipfel. Aber lohnte er die Mühe? Oder, wie die Ökonomen sagen: Rentierte sich mein Gipfel?

Die Frau des Architekten reichte mir die Hand. Auch sie war fix und fertig. Man sah es an ihren hängenden Schultern und dem erschlafften Gesicht.

Jetzt erschien sie mir nicht mehr wie eine intellektuelle Raubkatze, sondern als das, was sie wirklich war: eine abgespannte Frau in mittleren Jahren.

Alles hat irgendwann ein Ende. So war es auch mit unserem Aufstieg. Wir erreichten den Gipfel.

Ich stand mitten zwischen Himmel und Erde. Von hier aus war deutlich zu erkennen, daß die Erde eine Kugel ist.

Das Meer war gestreift: ein smaragdgrüner Streifen, ein schwarzblauer Streifen, ein brauner Streifen...

Unter mir und hinter mir – die Berge.

Während ihre Gipfel noch im Schein der untergehenden Sonne glühten, herrschte am Fuße der Berge schon trübes Zwielicht. Die weiter entfernten Gipfel waren spitz, die näherliegenden dagegen fielen sanft ab wie gigantische Findlinge; man konnte auf ihnen entlanglaufen. Die stumpfen Berge wirkten gutartig. Auf sie paßte das Wort »Lappland«.

Ich...

In den Bergen bekommt man eine ganz andere Einstellung zu seinem »Ich«.

Ich bin ein Mensch. Teil der Natur. Teil all dieser Schönheit. Ihr vollkommener Ausdruck. Und wenn *Ich* also in direkter Beziehung zu all *Jenem* stehe, dann muß ich auch an nichts mehr zweifeln.

Ich habe mich selbst überwunden, um einmal hoch über der Erde zu stehen. Ich stehe hoch über der Erde, um besser in die Weite und in mich hineinschauen zu können.

In mir gibt es achtundvierzig Wahrheiten: die Wahrheit des Morgens und des Abends, die Wahrheit der Nüchternheit, des Katers und so weiter. Jetzt aber verblaßten alle diese verschiedenen Wahrheiten. Mir war, als hätte ich die wirkliche, die *einzige* Wahrheit berührt, auch wenn ich nicht wußte, worin sie bestand.

Mir wurde feierlich zumute, Tränen stiegen in mir hoch. So ein Gefühl habe ich immer, wenn ich einen Kinderchor höre. Ich liebe den Klang von Kinderstimmen; er läßt mich mit Wehmut an mein verrinnendes Leben denken. Diese widersprüchlichen Gefühle – Liebe und Trauer – treiben mir die Tränen in die Augen.

Da stand ich nun und weinte innerlich, ergriffen von den widerstreitenden Gefühlen, die ich früher nicht hatte zur Deckung bringen zu können.

Um dieser Minute willen also hatte ich den langen und mühsamen Aufstieg auf mich genommen. Kein Preis wäre dafür zu hoch gewesen. Es sei denn, ich wäre abgestürzt und hätte mir den Hals gebrochen.

Meine Alpinisten standen neben mir, und jeder schaute mit anderen Augen und sah etwas anderes.

Der Architekt war zum zehnten Mal auf dem Kikimora und genoß die Schönheit und Erhabenheit ringsum zum zehnten Mal. Sie überwältigten ihn nicht mehr. Es war vielmehr unser Glück, das ihn glücklich machte, die Tatsache, daß er uns hierher geführt hatte.

Die Frau des Architekten wirkte um Jahre verjüngt. Sie stand da wie eine junge Frau, ja mehr noch wie eine Halbwüchsige im Vorgefühl der ersten und einzigen Liebe, für die alle Zärtlichkeit und alle verfügbare Hingabe bestimmt sind. Wadik schließlich blickte eher mißtrauisch drein. Er hatte noch nicht gelernt, die Schönheit zu würdigen und wußte nicht, daß sie etwas ganz Seltenes ist. Folglich fiel es ihm leicht, hier oben anzukommen und nicht ergriffen zu sein.

Aber vielleicht irrte ich mich auch. Vielleicht machten die Höhe, das zu gewaltigen Falten geronnene Gestein, seine eigene Kleinheit und Verlorenheit ihm Angst. Und sein ganzes zerbrechliches Wesen schrie: »Ich will nicht!«

»Wir kommen zu spät zum Abendessen«, ermahnte uns der Architekt.

Er hatte sozusagen die Verantwortung für alle übernommen und war fähig, über den Augenblick hinauszudenken.

Ich dagegen denke nie an die möglichen Folgen, und das rächt sich immer.

Leichtfüßig hüpften wir bergab. Doch sogar hüpfend brachte ich es noch fertig, hinter den anderen zurückzubleiben.

Wir gingen zum Strand hinunter und dann am Wasser entlang weiter. Auf den Bänken saßen, faul ausgestreckt, die Feriengäste. Wir passierten sie federnden Schritts, voll neuer körperlicher Spannkraft und seelischer Energie, und dachten: »Ach ihr, ihr Truthähne ...«

Dann setzten wir uns ins Restaurant, und der Kellner stellte eine ganze Karaffe mit goldgelbem jungem Wein vor uns hin, der aussah wie gegorener Traubensaft.

Gut möglich, daß unser Leben wie ein langer, steiniger Weg zum Gipfel ist... Schaffe ich es bis zu meinem Gipfel, oder verliere ich unterwegs die Kraft und kehre um, zurück zu meinem Sofa? Oder trotte ich vielleicht zu langsam vor mich hin und sterbe irgendwo auf halbem Weg?

Und was, wenn mein Gipfel nun schon hinter mir liegt, ich ihn überhaupt nicht bemerkt habe und ohne Ziel durchs Leben gehe?

Die Telefonzelle in der Post war rund um die Uhr in Betrieb.

Ich wählte die Vorwahlnummer. Dann die Rufnummer.

Niemand ging ran. Also war Mika auf Dienstreise.

Das ist unfair, dachte ich. Angesichts des heutigen Tages war es wirklich unfair.

Auch meine Mutter war nicht zu Hause. Vielleicht hatte Jelena inzwischen ihr Kind bekommen, und Mama war hingefahren, um den Enkel oder die Enkelin kennenzulernen. Jelena aber konnte ich nicht anrufen; sie und ihr Mann lebten in einem Vorort, ohne Telefon und sonstigen Komfort.

Ich hinterlasse nie meine Urlaubsanschrift. Denn wenn ich es täte, müßte ich die ganze Zeit warten – darauf, daß sich die Kollegen melden und mich bitten einzuspringen, oder daß Mika angereist kommt und verkündet: »Ich hatte Sehnsucht nach dir!« Ich würde auf Briefe warten, die nie kämen. Das heißt, zwei Ansichtskarten im Monat würden kommen, und dafür würde ich jeden Tag in den Briefkasten oder in die Augen meiner Zimmerwirtin schauen. Mein ganzer Urlaub würde sich in eine einzige ununterbrochene Warterei verwandeln. Wenn ich aber auf etwas warte, kann ich nichts anderes mehr tun.

Auf dem Tisch fand ich eine lädierte Postkarte, auf die jemand CHARKOW geschrieben hatte. Ich strich Charkow durch und schrieb Jelenas Adresse darüber. Dann drehte ich die Karte um und begann auf der Rückseite mit: »Hallo, Ihr Lieben! Wie geht es Euch? Mir geht es gut.« So fange ich alle Briefe nach Hause an. Und damit hat es sich dann auch schon: Mehr habe ich nicht zu sagen. Ich strengte mein Gehirn an und schrieb, daß ich wohlbehalten hier eingetroffen sei, allerdings die erste Maschine verpaßt hätte. Dann berichtete ich über die Obst- und Zimmerpreise und die Wasser- und Lufttemperaturen, und dann schrieb ich noch, daß ich sie vermißte, was in gewisser Weise eine Übertreibung war.

Ich muß immer wissen, ob meine Nächsten noch leben und alles bei ihnen in Ordnung ist. Doch sobald ich weiß, daß alles in Ordnung ist, kann ich fünf oder sieben Jahre lang ohne sie auskommen – eine Zeitspanne, innerhalb derer unser Staat grandiose Pläne erfüllt. Ich warf die Postkarte in den Kasten und ging ans Meer.

Die Spur des Mondlichts auf dem Wasser war vielfach gebrochen. Das Meer atmete wie ein gewaltiges Lebewesen. Es leckte an meinen nackten Füßen.

Ich ging ins Wasser und schwamm auf der Mondspur hinaus. Jedesmal, wenn ich die Hand aus dem Wasser hob, erwartete ich, sie würde golden glänzen. Aber sie war dunkel.

Die Boje krängte ein wenig und schaukelte im dunklen Meer wie die Erdkugel in der Galaxis. Ich drehte mich auf den Rücken. Das Gesicht zum Horizont gewandt, lag ich auf der Erdkugel und schaukelte mit ihr mit – allein in der Galaxis.

Mika!

Ich hatte genug.

Es begann am zwölften Tag um zehn Uhr morgens. Ich stand auf dem Kolchosmarkt und kaufte Süßkirschen, hell und groß wie wilde Äpfel. Ich kaufte drei Kilo und schüttete sie in eine Zellophantüte. Auf dem Rückweg kam ich an einer Hausmeisterin mit einem Schlauch vorbei. Aus dem Schlauch strömte Wasser. Ich hielt meine Tüte in den Strahl, und gleich blähte sie sich unförmig auf. Sie war nicht ganz heil: Unten und an den Seiten spritzte das Wasser in dünnen Fontänen heraus.

Ich wanderte den Strand entlang und aß dabei von den geschmacklosen Kirschen. Die dünnen, scharfen Wasserstrahlen spritzten mir gegen das Bein, und plötzlich stieg ein ätzendes Gefühl der Unzufriedenheit in mir auf. Ich horchte auf die Unzufriedenheit und spuckte Kirschkerne in die Faust. Die gebräunten Körper, das Bunt der Badeanzüge, der waschblaue Himmel, die aufdringliche Sonne, das zum Strand hin bräunliche Meer, die zottigen Palmen mit ihren blechernen Blättern – all das schmerzte in Augen, Nase und Ohren wie voll aufgedrehte Jazzmusik. Ich wanderte den Strand entlang, vorsichtig den hingestreckten Körpern ausweichend oder über sie hinwegsteigend.

Überall saßen Kartenspieler zusammen, überall wurde schallend gelacht. Aber ich nahm den Menschen nicht ab, daß sie mit Leidenschaft spielten und wirklich fröhlich lachten. Mir schien, sie taten nur so.

Endlich hatte ich mich zu den Meinen durchgearbeitet. Ich bot ihnen von den Kirschen an. Wadik bedachte mich mit einem misanthropischen Blick und wandte sich ab. Gleich sagt er: »Ich will nicht!« dachte ich. Die Frau des Architekten nahm eine Handvoll der prächtigen Früchte aus der Tüte und hielt sie ihrem Sohn hin.

»Ich will nicht!« sagte er erfreut mit seiner Bauchstimme.

»Und warum nicht?« fragte der Architekt.

»Er will eben nicht, und damit basta«, nahm die Mutter ihren Sohn in Schutz. »Geh ins Wasser.«

»Ich will nicht.«

»Wenigstens einmal, ganz kurz!«

»Laß ihn doch in Ruhe«, mahnte der Architekt. »Wenn er nicht will, muß er auch nicht.«

»Und wozu hab ich ihn dann hergebracht?«

»Warum jemanden zu etwas zwingen, wozu er keine Lust hat? Stell dir vor, man würde dich zu etwas zwingen, wozu du keine Lust hast.«

»Das sagst du nur, weil er nicht dein Sohn ist.«

»Du verlangst einfach zu viel von ihm«, sagte der Architekt.

Ich war genau der gleichen Meinung, aber ich schwieg. Ich hockte da und aß Kirschen. Dann stand ich auf und ging.

Meine Freunde dachten, ich hätte es satt, in der Hocke

zu sitzen, wollte mir nur eine Liege holen und wäre gleich wieder zurück. In Wirklichkeit aber stand ich auf und ging, weil ich mich plötzlich innerlich leer fühlte. Als wäre mir etwas ausgegangen, etwa so wie einem Motorrad das Benzin.

Ich kann den Häftling verstehen, der anderthalb Monate vor seiner Entlassung aus dem Gefängnis ausbricht. Wenn die letzten Geduldsreserven erschöpft sind, ist man nicht mehr fähig, auf die Stimme der Vernunft zu hören.

Um zehn Uhr früh hatte ich noch auf dem Kolchosmarkt gestanden.

Um fünfzehn Uhr überflog ich bereits Mittelrußland, die Landschaften Levitans, nach denen der Architekt sich so gesehnt hatte.

Um zwanzig Uhr Moskauer Zeit stand ich vor Mikas Tür und drückte auf den Klingelknopf.

Mika trägt zu Hause Schuhe mit Holzsohle und offener Ferse. Mit ihnen klappert sie durch die Wohnung wie eine Japanerin.

Gleich, gleich höre ich das hastige Klack-Klack-Klack ihrer Schritte. Gleich reißt sie die Tür auf, ich mache einen großen Schritt auf sie zu, sie schlingt die Arme um meinen Hals, und um uns herum beginnt die Luft zu glühen.

Jemand näherte sich, kaum vernehmbar, auf nackten Füßen der Tür.

Sperrte auf.

Öffnete die Tür.

Mika ...

Ich machte keinen Schritt auf sie zu. Ich blieb, wo ich war. Etwas hielt mich zurück.

Mikas Augen. Ihr üblicher Ausdruck schien wie ausradiert. Mika betrachtete mich mit dem strengen Blick einer Lehrerin, die einen faulen Schüler anhört und herauszufinden versucht, wo er lügt.

»Das hab ich gewußt«, sagte Mika.

»Du hast gewußt, daß ich kommen würde?«

Wie kränkend! Da war ich nun, wie ein Blöder, die weite Strecke hierhergeflogen – nur um von diesen Augen und diesem Satz empfangen zu werden.

»Komm rein«, sagte Mika. »Aber tritt nicht so fest auf.«

Ich trat ein. Sie machte behutsam die Tür hinter mir zu. Im Flur blieb ich stehen, unschlüssig und befremdet.

»Was stehst du herum? Leg ab!«

Ich zog den Mantel aus, hängte ihn an die Garderobe und stellte meinen Koffer in die Ecke. Mika stand wartend dabei und verfolgte jede meiner Gesten mit den Augen, ungefähr so, als wäre ich der Elektriker, der gekommen ist, die Leitungen zu reparieren.

Dann ging sie auf Zehenspitzen in die Küche. Ich folgte ihr, ebenfalls auf Zehenspitzen.

»Möchtest du etwas essen?« fragte sie flüsternd.

»Warum flüstern wir eigentlich?«

»Er schläft«, antwortete sie unbestimmt.

»Wer?«

»Mein Mann.«

Wenn man einem Hahn den Kopf abhackt, läuft er noch eine Zeitlang auf dem Hof herum und denkt dabei wahrscheinlich, er wäre in blendender Form.

Ich setzte mich auf einen der Küchenhocker.

»Wie bist du denn an den gekommen?« fragte ich.

»Wir sind uns in der Metro begegnet.«

»Wann?«

»Vor einer Woche. Er stieg an der ›Krasnopresenskaja‹ ein, setzte sich mir gegenüber und guckte mich an. Guckte und guckte und setzte sich schließlich neben mich. Dann stieg ich aus, und er stieg auch aus.«

»Und das war alles?«

»Das war alles. Gestern haben wir das Aufgebot bestellt.«

»Aber du kennst ihn doch noch gar nicht.«

»Ich habe ein gutes Gefühl bei ihm. Man sieht jemandem an, ob er ein guter Mensch ist.«

»Du mußt verrückt sein. Wieso ruinierst du dir dein Leben?«

»Schlimmer als bisher kann es nicht werden. – Soll ich dir etwas zu essen machen?«

»Reicht es dann auch noch für deinen Mann?«

»Es reicht für alle.«

Es hatte ihr immer Spaß gemacht, mir etwas vorzusetzen und mir dann beim Essen zuzuschauen. Und auch jetzt bewegte sie sich behende hin und her, stellte Teller und Tellerchen auf den Tisch.

»Weißt du, als du abgestürzt warst, da hab ich mich auf den Fußboden gesetzt und gedacht: Wie soll es jetzt bloß weitergehen? Aber dann wachte ich mitten in der Nacht plötzlich auf und begriff schlagartig: Mein Leben ist schrecklich gewesen ...«

»Was heißt abgestürzt?«

»Mit dem Flugzeug. Deine Nachbarin hat mich angerufen. Sie weinte und sagte, du hättest es vorausgeahnt.«

»Mit welchem Flugzeug?«

»Flug Nr. 349. Moskau–Adler.«

»Das Flugzeug hat einen Flügel verloren...« Ich sah durch Mika hindurch, in jenen weit zurückliegenden Traum.

»Davon weiß ich nichts. Das wirst du besser wissen.«

Ich begriff. Kein Zweifel, das Flugzeug, das ich verpaßt hatte, war abgestürzt, und da mein Name auf der Passagierliste gestanden hatte...

Ich begriff, was passiert war und zweifelte nicht einen Moment daran, aber es ließ mich völlig kalt. Mikas Ehe beschäftigte mich mehr als mein Tod.

»Ich bin abgestürzt, und du hast sofort danach geheiratet?«

»Ich habe keineswegs geheiratet, weil du abgestürzt bist.«

»Sondern?«

»Weil ich mich verliebt hatte.«

»Und du hast mir kein bißchen hinterhergeweint?«

»Ich hab es nicht geglaubt. Ich wußte, daß dir nichts passiert war.«

»Wie konntest du das wissen?«

»Ich hab's gespürt. Weißt du, vor kurzem habe ich einen Film im Fernsehen gesehen. Da kommt ein Tschuktsche zu einem Milizionär und sagt: ›In der Taiga versteckt sich jemand.‹ Der Milizionär fragt: ›Woher weißt du das?‹ Und der Tschuktsche sagt: »›Das hab ich im Gefiehl.‹ Genauso ist es bei mir. Ich hab's im ›Gefiehl‹.«

Mika trug einen langen Rock, den ich nicht kannte,

und wirkte auch sonst ganz anders und fremd, gar nicht mehr wie meine Mika. Es fiel mir schwer zu glauben, daß ich sie jemals im Arm gehalten und sie mich geliebt hatte.

»Ich kann es nicht glauben«, sagte ich.

»Du wirst dich daran gewöhnen müssen.«

»Gut, ich werde mich daran gewöhnen«, versprach ich. »Ich werde dich einfach vergessen.«

»Du kennst mich viel zu gut, als daß du mich vergessen könntest.«

»Ich werde mich rächen.«

»Wie?« Sie hielt im Käseschneiden inne und sah mir interessiert ins Gesicht.

»Ich heirate und werde glücklich.«

»Du wirst nicht glücklich.«

»Woher weißt du das?«

»Ich hab's im ›Gefiehl‹.«

Mika nahm einen Schwamm zur Hand und wischte die Wachstuchdecke ab. Die Decke war mit lauter Süßkirschen bedruckt – genau den gleichen, die ich am Morgen noch auf dem Markt gekauft hatte.

»Warum ißt du nichts?«

»Ich bekomme nichts runter.« Ich nahm ihre Hand in meine. »Ist es mit ihm genauso wie mit mir?«

Wir saßen da und schauten uns in die Augen.

»Nein, anders. Es fehlt der ratternde Anhänger der Erinnerungen ... Vier Jahre ...« Mika verstummte, wie um sich noch einmal Jahr für Jahr ins Gedächtnis zu rufen. »Das ist genauso lange, wie der Krieg gedauert hat. Aber was habe ich dabei gewonnen? Und wie bin ich belohnt worden?«

»Was für Belohnungen erwartest du von der Liebe? Es ist das Gefühl selbst, was du gewinnst und womit du belohnt wirst.«

»Du hast mir die traurigste Erfahrung vermittelt, die ein Mann einer Frau vermitteln kann. Die Erfahrung der Demütigung ... Du bist gekommen und gegangen, wie es dir gerade paßte, und jedesmal hast du Angst gehabt, daß der Abschied zu lange dauert. Ich dachte immer, du müßtest, außer Liebe, auch so etwas wie Pflichtgefühl mir gegenüber empfinden. Aber du warst der Ansicht, daß du mir nichts schuldig bist, und deshalb bin ich dir jetzt auch nichts schuldig.«

»Egal wie ich gewesen bin – einen wie mich findest du nie wieder.« Ich wollte, daß sie erschrak und daß ihr Zweifel kämen.

»Einen wie dich will ich auch nie wieder. In der Zeit mit dir habe ich derart gelitten, daß sich sogar ein richtiger Tic bei mir eingestellt hat. Kaum seh ich dich, muß ich auch schon weinen.« Tränen trübten ihre Augen. »Schau, es gibt kaputte Schlösser, in denen der Schlüssel nicht faßt. Du stehst davor und denkst: Jetzt schließt er auf, jetzt ... Aber der Schlüssel dreht sich und dreht sich, und du stehst auf der Straße und kommst nicht ins Haus. Das ist zum Verrücktwerden.«

Wir schwiegen.

Draußen erklang eine Fahrradklingel. Mika zuckte zusammen.

»Ich denke immer, es ist das Telefon.« Sie lächelte schuldbewußt unter Tränen. »Vier Jahre lang habe ich jeden Tag auf deinen Anruf gewartet, habe mich nicht mal getraut, im Badezimmer Wasser einlaufen zu lassen, aus Angst, ich könnte das Telefon überhören.«

»Warum schläft er?« fragte ich.

»Wer?«

»Dein Mann.«

»Er ist erschöpft.«

»Was hat er denn gemacht?«

»Er ist Archäologe. Bis vor kurzem war er in Jakutien. Da hat er den Wirbel eines Mammuts gefunden. Im Dauerfrostboden.«

»Und wozu braucht er den?«

»Den Wirbel?«

»Ja, den Wirbel.«

»Um sich die ganze Wirbelsäule vorstellen zu können.«

»Und wozu muß er sich die vorstellen?«

»Um das Mammut rekonstruieren zu können.«

»Aber wozu ein Mammut rekonstruieren, das schon vor Urzeiten krepiert ist?«

»Für die Geschichte ... Wenn in tausend Jahren jemand deine Wirbelsäule findet, wird sich bestimmt niemand dafür interessieren.«

»Wieso nicht? Ich bin ein durchaus typischer Vertreter meiner Zeit – ich bin ehrlich, infantil, mein Leben ist alles andere als geordnet ...«

»Du bist ein ehrlicher Dieb«, soufflierte Mika.

»Na weißt du ... Jeder stiehlt mal etwas und gibt mal etwas her, ohne eine Gegenleistung zu erwarten.«

»Du gibst überhaupt nichts. Du bist ein Superegoist, darin besteht deine ganze schöpferische Individualität. Du liebst das bequeme Leben.«

»Was heißt ›bequem‹?«

»Eine bequeme Arbeit, bei der du beschäftigt und gleichzeitig frei bist. Ein bequemer Sohn, der da ist und doch wieder nicht. Eine bequeme Frau, bei der man nach Belieben kommen und gehen kann...«

Ich schaute Mika an. Nie hätte ich gedacht, daß sie solche Gedanken hegte.

»Du haßt mich...«

»Unerfüllte Liebe schlägt in Haß um. Das ist normal.«

»Und du haßt mich also?«

»Haß ist ein sehr starkes Gefühl. Haß ist Liebe mit umgekehrtem Vorzeichen. Ich hasse dich nicht. Ich habe mich von dir befreit. Das Schicksal hat uns nicht füreinander bestimmt – und Schluß.«

»Wieso das Schicksal?«

»Ich habe dich mehr geliebt, als es dem Schicksal paßte. Und dann bin ich auch zum verkehrten Zeitpunkt in dein Leben getreten. Als ich dich kennenlernte, warst du siebenunddreißig; besser, ich hätte dich zehn Jahre früher kennengelernt, als du siebenundzwanzig und noch frei warst. Oder zehn Jahre später. Mit siebenundvierzig wirst du deine ewigen Verluste leid sein.«

»Schicksal hin oder her – jedenfalls bin ich abgestürzt, und du hast mich in derselben Sekunde verlassen.«

»Hast du vielleicht geglaubt, ich würde dir ins Jenseits folgen?«

»Ja«, sagte ich ernst, »das habe ich.«

»Das Problem ist nicht, ob du abgestürzt bist oder nicht. Es ist einfach so, daß sich unser Verhältnis abgenutzt hat. Wie ein Schuh. Die Sohle ist abgerissen.«

»Wieso?«

»Die Menschen lieben sich, um ein Kind in die Welt zu setzen und es großzuziehen, damit das Leben weitergeht. Es gibt die Zeit des Blühens – den Frühling – und die Zeit der Ernte – den Herbst. Man kann unmöglich im Frühjahr, Sommer, Herbst und Winter blühen. Meine Blüten sind abgefallen, aber du wolltest kein Kind.«

»Du hättest ja nicht auf mich zu hören brauchen.«

»Wie hätte ich nicht auf dich hören können – wo du doch wie ein Heiliger für mich warst.«

»Alles läßt sich korrigieren.«

»Nur Schauspieler können ein und dasselbe Stück zehnmal spielen. Wir sind aber keine Schauspieler, sondern normale Menschen. Und wir spielen nicht, wir leben.«

Aus dem Zimmer kam eine Männerstimme:

»Ella!«

»Wer ist Ella?«

»Ich!« sagte Mika.

Da fiel mir wieder ein, daß ihr voller Name Mikaella lautete. Jetzt hatte sich wirklich alles an ihr verändert: ihr Name, ihre Kleidung, ihre Augen.

»Ich habe dir vertraut«, sagte ich.

»Ich dir auch.«

Ich erhob mich, um zu gehen.

Ich ging zuerst in den Flur, dann hinaus ins Treppenhaus. Aber als ich im Treppenhaus stand, merkte ich, daß ich nicht weitergehen konnte. Am liebsten hätte ich mich hingesetzt, direkt hier auf die Stufen, aber ihr Archäologe mit dem Wirbel hätte herauskommen und mich dabei ertappen können, wie ich, wie ein Hund, vor ihrer Tür saß.

Das wäre denn doch ein zu üppiges Hochzeitsgeschenk gewesen.

Ich stieg, mich am Geländer abstützend, die Treppe hoch bis zur obersten Etage. Danach kam nur noch der Dachboden.

Ich ließ mich auf der obersten Stufe nieder und blieb wie erstarrt sitzen, völlig empfindungslos. Offenbar hatte sich mein Organismus, in einem Akt des Selbstschutzes, einfach ausgeschaltet, damit ich nichts mehr spürte.

Ich weiß nicht mehr, wieviel Zeit verging, bis ich das Klacken der Holzpantoffeln auf der Treppe vernahm. Mika kam herauf. Sie hielt ihren langen Rock an den Knien leicht zusammengerafft, um nicht die Stufen mit ihm zu fegen, und erinnerte an eine Dame des neunzehnten Jahrhunderts, die zum Ball der Adelsversammlung geht.

»Sitz da nicht auf den Steinstufen herum. Steh auf!«

Ich stand auf.

Sie nahm mich bei der Hand und führte mich zum Lift.

»Drück auf den Knopf!«

Ich drückte auf den großen, runden Knopf des Aufzugs. Er leuchtete rot auf. Durch die Gittertür konnte man sehen, wie sich die Räder und Drahtseile im Schacht in Bewegung setzten.

»Woher hast du gewußt, daß ich hier bin?« fragte ich. »Hast du's gespürt?«

»Nein. Ich habe aus dem Fenster gesehen und darauf gewartet, daß du zur Haustür rauskommst. Aber du kamst nicht. Da ging ich runter. Und da du nicht unten warst, mußtest du oben sein. Ausschlußverfahren nennt man das.«

Der Lift kam und hielt.

»Mach die Tür auf.«

Ich drückte den kalten Griff nach unten und öffnete die Gittertür.

»Jetzt steig ein.«

»Vielleicht könnte ich noch ein bißchen hier sitzenbleiben?«

»Nein«, sagte Mika streng. »Geh!«

»Was soll ich denn nun machen?«

»Leben«, entgegnete Mika. »Überleg doch mal, schließlich hättest du wirklich abstürzen können.«

Unten trat jemand ungeduldig mit dem Fuß gegen die Aufzugtür.

»Die Hauptsache ist, am Leben zu sein«, sagte Mika. »Das ist die unabdingbare Voraussetzung. Alles andere kann man variieren.«

Ich stieg in den Lift. Sie machte die Tür hinter mir zu und wartete darauf, daß ich losfuhr. Die ganze Situation war so grausam und absurd, daß es mir vorkam, als hinge mein Kopf neben mir in der Luft und schaute mir beim Fortgehen zu. Wenn man einem Hahn den Kopf abhackt, dann können seine Augen sicher noch eine Zeitlang sehen, wie der Rumpf herumrennt.

»Verzeih mir«, bat ich Mika.

»Nein, ich verzeihe dir nicht.«

Unten wurde wieder gegen die Aufzugtür gedonnert.

Ich schloß die Innentüren und drückte auf den Abwärtsknopf. In großen, weißen Ziffern glitten die Nummern der Stockwerke an mir vorbei: 5 ... 4 ... 3 ... 2 ... 1 ...

An der Tür des Restaurants hing das Schild ALLE PLÄTZE BESETZT. Etliche Leute, die das süße Leben ebenfalls kosten wollten, drängten sich frierend vorm Eingang und spähten wie Hasen durch die Glastür ins Innere.

Das Restaurant galt allgemein als modern und chic. Unsere Band war ebenfalls modern und chic, und die Tatsache, daß wir abends hier spielten, gereichte gleichermaßen uns und dem Restaurant zur Ehre.

Ich ging selbstbewußt auf den Eingang zu und klopfte mit den Fingerknöcheln an die Tür. Die Wartenden betrachteten mich schüchtern und zugleich hoffnungsvoll: Sie schienen zu glauben, ich wäre gekommen, um endlich für Gerechtigkeit zu sorgen.

Von innen näherte sich der Garderobier, Onkel Ljoscha, gewichtig und hochmütig wie ein Senator und mit dem desinteressierten Blick eines kastrierten, überfütterten Katers. Doch plötzlich kam Leben in seine Augen. Er brachte das Gesicht ganz nah an die Türscheibe und fixierte mich scharf, wie ein Spion seinen Komplizen in Erwartung der Parole. Dann spähte er kurz umher, schob hastig den Riegel zurück, und ich schlüpfte ins Vestibül.

»Bist du's wirklich?« vergewisserte sich Onkel Ljoscha.

»Aber ja«, bestätigte ich.

»Es hieß, du wärst mit dem Flugzeug abgestürzt.«

»Alles Intrigen«, stellte ich klar.

Onkel Ljoscha nickte hastig. Dann hielt er mitten in der Bewegung inne und schwenkte seinen Kopf einmal von links nach rechts, voller Mißbilligung über die ›Intrigen‹. Von draußen wurde erneut gegen die Scheibe geklopft. Onkel Ljoscha setzte wieder sein Senatorengesicht auf und entfernte sich.

Ich stellte meinen Koffer hinter den Garderobentisch, legte meinen Mantel obendrauf und ging in den Saal.

Freie Plätze gab es tatsächlich nicht mehr. Die Bühne, auf der die Band spielte, war leer. Meine Kollegen hatten also Pause.

Das Tablett geschickt in Schulterhöhe balancierend, spurtete Adik, einer der Kellner, auf mich zu. Er baute sich vor mir auf und musterte mich eingehend von oben bis unten, womit er mir Gelegenheit gab, ihn meinerseits zu mustern. Adik hatte ein verlebtes Gesicht; nachdem ich genug davon gesehen hatte, sagte ich:

»Besorg mir irgendwo einen Platz.«

»Bei den Ausländern«, entschied Adik, obwohl das gegen die Vorschriften war.

Er führte mich quer durch den Saal.

»Komisch, alle haben erzählt, du wärst aus dem Flugzeug gefallen.«

»Ich bin zusammen mit dem Sitz runtergefallen«, sagte ich.

»Und was ist passiert?« Adik blieb stehen.

»Wie du siehst...«

»Ist ja irre... Und ich denk noch: Was wird jetzt mit meiner Kohle? Du schuldest mir doch noch zehn Rubel. Erst wollte ich zu deiner Mutter gehen, aber dann dachte ich mir: Die Frau trauert, und da komm ich mit meinem stinkigen Geld an... Brauchst du eine Uhr? Eine Schweizer Uhr mit Kristallglas?«

Adik stellte das Tablett auf einem Serviertisch ab und

schob den Jackenärmel hoch. An seinem Handgelenk funkelte eine Armbanduhr aus Nickel und Kristall. Dergleichen hatte ich noch nie gesehen; ich wußte nicht mal, daß es solche Uhren gab.

»Dreihundert...«, sagte Adik. Dann überlegte er kurz und ging runter: »Na gut, zweihundert...«

Ich wartete darauf, daß er sagen würde: »Na gut, hundert«, und dann: »Na gut, einen Rubel.«

»Ach, was soll's«, sagte Adik. »Nimm schon, ich schenk sie dir.«

Er nahm die Uhr ab und steckte sie mir in die Tasche.

»Bist du verrückt?« fragte ich entgeistert.

»Ist ja doch nur Schrott. Eine Fälschung...«

Adik brachte mich zu meinem Platz und glitt zum anderen Ende des Saales davon wie ein Eiskunstläufer bei der Kür. Mit der Uhr hatte er mich dafür belohnt, daß ich zusammen mit dem Sitz heruntergefallen war und den Sturz überlebt hatte. Adik sah in meinem Überleben das Walten einer höheren Macht, und er freute sich für uns beide, lenkte doch diese höhere Macht auch seine, Adiks, Geschicke. In der Mitte des Saales angekommen, wandte er sich um und betrachtete mich noch einmal über sein Tablett hinweg.

An meinem Tisch saßen zwei Ausländer. Vielmehr, ich saß an ihrem Tisch. Der eine war hochbetagt. Er schien mir im Alter wieder kindisch geworden zu sein und ähnelte einem kahlköpfigen Säugling. Seine blauen Augen blickten stumpf. Der andere mochte an die vierzig sein; er hatte ein unauffälliges Gesicht, wie es einem in jeder Schicht und jeder Nation begegnet. Seinem Nachbarn sah er nicht ähnlich, woraus ich den Schluß zog, daß er weder dessen Sohn noch Enkel, sondern vermutlich der Sekretär war.

Ich nickte zur Begrüßung. Der Sekretär lächelte taktvoll, nur mit den Zähnen.

»Touristen?« fragte ich.

Der Sekretär verstand und nickte.

»Früh-ling.«

»Wie bitte?«

»Europ... Früh-ling. Amerik... Früh-ling.«

Adik kam und brachte mir Wodka und eine Fischplatte.

»Was sagt er?« fragte ich Adik.

Der Sekretär rappelte los, Adik rappelte zurück. Er hatte am Fremdspracheninstitut studiert und beherrschte drei oder vier Sprachen.

»Frühling«, übersetzte Adik.

»Und was ist das?«

»Eine Jahreszeit, Herrgott... Sie reisen um die ganze Welt, immer dem Frühling nach. Wo gerade Frühling ist, da sind sie auch.«

»Und weshalb?« fragte ich verblüfft.

»Dem Alten hat man prophezeit, daß er im Herbst sterben wird. Jetzt flieht er vor dem Herbst um die ganze Welt.«

»Nicht schlecht, so viel Geld zu haben, daß man dem eigenen Tod davonlaufen kann.«

»Was ist schon Geld? Geld bringt dir deine Jugend auch nicht zurück.«

»Aber wenn schon alt, dann doch lieber reich und alt.«

Adik ging zum nächsten Tisch, oder, wie es in der Kellnersprache heißt: zur nächsten Position. Ich goß mir Wodka ein und kippte ihn in die Leere, die in mir summte.

Inzwischen kehrten die Musiker einer nach dem anderen auf die Bühne zurück. Da ich hinter einer Säule saß, konnten sie mich nicht sehen. Ich dagegen sah sie sehr gut.

Wjatschik gab allen ein Zeichen mit den Augen und griff gewaltig in die Saiten seiner Gitarre. Giraffe wartete vier Viertelnoten ab, dann ließ er seine Stöcke auf das Schlagzeug niedersausen. Galja trat ans Mikrofon und begann zu singen – tief und nicht besonders gut. Trotzdem freute sich der ganze Saal über ihr Erscheinen und hörte ihr mit sichtlichem Vergnügen zu.

Wenn man etwas getrunken hat, verschiebt sich meist die Wahrnehmung etwas, und genau auf diese leicht verschobene Wahrnehmung spekulierte Galja beim Singen. Die Band spielte selbstbewußt und schien überhaupt nicht abhängig vom Publikum im Saal.

Auf meinem Platz auf der Bühne saß ein junger, irgendwie geschlechtslos wirkender Typ.

Hätte man ihn in ein Kleid gesteckt, wäre ein nordisch wirkendes Fräulein, mit durchschnittlichen Chancen, dabei herausgekommen. Sein Gesicht war noch unfertig, war erst die Gußform für ein Gesicht. Auf seine Nase hätte gut eine zweite, normale, gepaßt, und überhaupt wären seinem Gesicht markantere Züge gut bekommen.

Er gefiel mir nicht. Und es gefiel mir auch nicht, wie schnell Wjatschik den freigewordenen Platz wieder besetzt hatte.

Ich trank noch ein Glas und spürte, wie die in mir strudelnde Leere mich langsam aufsog. Zu der Leere gesellte sich das Gefühl der Kränkung, und das war erträglicher als die Leere allein.

Galja sang Wjatschiks vorletzten Song. Ihr Kleid glitzerte, und ihr Schmuck funkelte wie echte Brillanten. Mit ihrer heiseren Stimme raunte sie den Schluß der Strophe ins Mikrofon und trat zur Seite.

An dieser Stelle kam normalerweise mein Einsatz. In der Regel nahm ich Galjas letzten Ton auf, verlängerte gleichsam ihre Stimme. Dann improvisierte ich sechzehn Takte lang und beendete mein Solo mit einem Dreiklang.

Man darf nicht spielen und gleichzeitig hören, was man spielt. Man muß ganz aus dem Gefühl heraus spielen. Ich aber spiele und lausche dabei. Ich lausche der Musik nach und bewerte sie. Erzeuge Harmonie mittels Algebra, wie Salieri. Den letzten Ton ziehe ich endlos in die Länge. Dann lasse ich die Trompete sinken und nehme wieder Platz.

Heute abend stand an meiner Stelle der Neue auf, setzte die Trompete an die Lippen und legte los mit der Improvisation.

Seine Trompete war klüger als er, klüger als ich und jeder andere im Saal. Sie wußte Dinge, die niemand sonst weiß. Alle hörten auf zu kauen und spitzten die Ohren.

Etwas geschah mit meiner Wahrnehmung. Sie legte sich wie Nebel um mich herum, und ich saß mitten in ihrem Zentrum. Ich hätte weinen mögen um mein Leben, meine Liebe. Es war ein Gefühl wie in jenem Traum im Flugzeug, als ich im Fallen die Wolken durchbrach.

Ich bin ein Profi, verstehe alles von Musik, aber ich verstehe noch immer nicht, wie er das machte.

Ich betrachtete ihn aufmerksam. Klein und schmächtig

stand er da, wie der Sieger bei einer Schülerolympiade. Er ließ die Trompete sinken. Aber niemand kam auf die Idee, daß er schon fertig wäre. Und niemand argwöhnte, er könnte steckengeblieben sein oder sich verspielt haben. Der Trompeter hing seiner Melodie nach. Und auch das war Musik.

Dann führte er die Trompete wieder an die Lippen. Ließ sein Instrument aufseufzen. Verstummte aufs neue. Und horchte in sich hinein – bis die innere Spannung zu groß wurde und er sich nicht länger zurückhalten konnte. Da spielte er breit und kraftvoll den abschließenden Dreiklang. Die Jungs fielen ein. Und was da jetzt erklang, war mehr als Musik, das war Zärtlichkeit, überwältigende Zärtlichkeit, gemischt mit Begeisterung und Dankbarkeit. Wie nach einer Liebesnacht.

Galja trat wieder vors Mikrofon und sang die zweite Strophe. Nach der Improvisation klang die Musik ganz anders, drückte etwas anderes aus als zuvor. Es war das gleiche Stück, aber sozusagen auf einer höheren Stufe gespielt.

Unterdessen saß der Trompeter schon wieder scheinbar unbeteiligt auf meinem Platz, die Trompete aufs Knie gestützt, mit hochgezogenen Augenbrauen. Die Jungs spielten mit gleichmütigen Gesichtern weiter, so, als wäre nichts gewesen. Die Menschen gewöhnen sich schnell an das Gute.

Was für eine glückliche Fügung, daß ich abgestürzt war. Ein Glück für den Knaben, für die Band, für alle, die hier saßen und für die, die an einem anderen Abend kommen würden.

Ich stand auf und ging zum Ausgang, voller Angst, die Kollegen könnten mich doch noch sehen. In der Tür wandte ich mich um. Niemand beachtete mich; es gingen schließlich viele ein und aus.

Meine Ausländer sahen mir nach. Ich winkte ihnen zu. Erfreut winkten sie zurück. Wir hatten uns schon ein bißchen aneinander gewöhnt.

Ich ging in eine Telefonzelle und rief Anton an. Aus irgendeinem Grund meldete sich Mika. Ich schwieg, aber sie erkannte mich trotzdem.

»Na, wie geht's dir?« fragte Mika fürsorglich.

»Ich bin trotz allem traurig«, sagte ich.

»Nein. Du bist glücklich. Du verstehst es nur nicht ...«

Ich legte auf. Mein Herz tat einen Sprung, ein Gefühl, wie wenn man in ein Luftloch fällt. Ich konzentrierte mich und wählte noch einmal.

»Hallo!« schrie Anton fröhlich.

Kinder leben in der Gegenwart. Sie haben noch keine Vergangenheit, die auf ihnen lastet, und deshalb können sie fliegen.

»Anton!« rief ich.

»Wer ist da?«

»Dein Vater.«

»Welcher?«

»Hast du denn mehrere?«

»Ich habe zwei.«

Ich ließ die Hand sinken. Aus dem Hörer drangen noch eine Zeitlang Stimmen, dann ertönte das Besetztzeichen.

Ich ließ den Hörer los. Er hing da und schaukelte hin und her, und mit ihm schaukelte das Besetztzeichen.

Zu Hause war alles schon dunkel und still, die Nachbarn schliefen. Ich faßte meine Zimmertür ins Auge und tastete mich entschlossen auf sie zu, bemüht, geradeaus zu gehen und nicht gegen die Wand zu stoßen. Die nächste Aufgabe bestand darin, den Schlüssel hervorzuholen, ihn ins Schloß zu stecken und aufzuschließen.

Ich holte den Schlüssel hervor, steckte ihn ins Schloß – und stellte fest, daß er sich nicht drehen ließ. Entnervt starrte ich auf die Tür. Plötzlich entdeckte ich das Siegel, und auf dem Siegel eine Plombe, wie auf einer Kreuzbandsendung mit Wertangabe. Ich streckte die Hand nach der Plombe aus, um sie abzureißen, und zugleich mit der Plombe gab auch die Tür nach.

Es war mein Zimmer. Es waren meine Vorhänge, meine Couch. Aber auf der Couch lag eine fremde Bettdecke. Und unter der Decke schlief Paschka Samoderkin.

Was mochte das zu bedeuten haben? Höchstwahrscheinlich hatte sich Schurotschka beim Wohnungsamt um mein Zimmer beworben; man hatte ihr gesagt: »Wir merken Sie vor«, und während das Wohnungsamt sie noch vormerkte, war Schurotschka einfach schon mal eingezogen.

Im Zimmer gab es zum Schlafen nur die Couch. Folglich mußte ich entweder Paschka vertreiben oder mir einen anderen Schlafplatz herrichten. Paschka zu wecken, brachte ich nicht übers Herz. Ich beschloß statt dessen, meine Felle auf den Boden zu legen und auf ihnen zu übernachten wie ein Wilder in der Prärie.

Im vergangenen Jahr hatte ich in einem Dorf, irgendwo mitten in Rußland, bei einem alten Bauern sechs gegerbte

Felle erstanden, das Stück zu fünf Rubel. Ich wollte mir einen modisch langen Pelzmantel daraus machen lassen, doch niemand nahm den Mantel in Auftrag. Die Felle waren nämlich nicht in der Fabrik, sondern recht primitiv in Heimarbeit gegerbt worden und stanken bestialisch nach Ziegen und Stall; wäre man einen ganzen Tag lang in dem Mantel herumgelaufen, hätte man sich gut und gerne eine Gasvergiftung zuziehen und gegen Abend ohnmächtig umfallen können.

Tragen also ließen sich die Felle nicht, aber eine Nacht auf ihnen schlafen konnte man durchaus, denn sie waren weich und warm. Zwei Felle als Unterlage, zwei als Decke, eins unter den Kopf, und eins war übrig. Und am nächsten Morgen konnte man sich dann den Nachbarn präsentieren – zu deren Freude und gleichzeitigem Verdruß.

Schurotschka wird mich scharf fixieren und »Flegel!« sagen. »Wieso Flegel?« werde ich protestieren und mich rechtfertigen: »Ich bin schließlich nicht schuld an dem, was passiert ist.« – »Aber sowas kann nur dir passieren, niemandem sonst.«

Meine Felle lagen in einem Koffer, der Koffer lag auf dem Schrank. Ich reckte die Arme und zog den Koffer vorsichtig zu mir hin. Obenauf lagen zwei Federballschläger. Sie gerieten ins Rutschen und fielen zu Boden.

Paschka Samoderkin fuhr hoch wie von der Tarantel gestochen. Vorm Rechteck des Fensters zeichneten sich sein Kopf und seine abstehenden Ohren ab. Instinktiv ging ich in die Hocke und preßte meinen Kopf auf die Knie.

»Mama!« stieß Paschka laut hervor.

Er schleuderte die Beine von der Couch und rannte aus dem Zimmer, die Angst im Nacken. Ich ließ mich von seiner Angst anstecken, machte mich auf dem Boden lang und kroch unter die Couch.

Die Couch war so niedrig, daß höchstens ein Hund darunter Platz gehabt hätte, überdies nur ein kleiner, ein Spaniel zum Beispiel. Trotzdem zwängte ich mich in den schmalen Spalt zwischen Couch und Fußboden. Um besser atmen zu können, mußte ich den Kopf zur Seite drehen. In dieser Haltung – Schultern nach vorn, Kopf im Profil – glich ich einem Pharao oder einem einfachen Griechen der Antike, wie man ihn häufig auf Fresken sieht.

Ich hätte mich natürlich auch hinter den Schrank oder den Vorhang stellen können, um es nicht ganz so unbequem zu haben. Oder ich hätte mich überhaupt nicht zu verstecken brauchen. Aber ich malte mir aus, was passieren würde, wenn gleich Paschka und Schurotschka Hand in Hand ins Zimmer kämen und mitten in der Nacht einen Abgesandten aus dem Jenseits vor sich sähen. Bevor sie die Situation begriffen, würden sie erst einmal einen gehörigen Schreck bekommen und im Duett losbrüllen, und ich stünde als Urheber von Angst und Tränen da.

Ich hörte leise, schlurfende Schritte näherkommen.

»Hier ist doch niemand«, sagte Schurotschka und machte das Licht an.

Auf dem Fußboden lagen die Federballschläger.

»Dummerchen! Daß du dich davon so erschrecken läßt...«

Schurotschka und Paschka setzten sich auf die Couch,

und in meinem Gesichtsfeld tauchten vier Fersen auf. Paschkas Fersen waren schmal und von zartem Gelb, und über den Knöcheln zeigte sich ein Stück Pyjama. Schurotschkas Füße steckten in Wollsocken. Sie brütete ständig eine Erkältung aus und trug deshalb immer Wollsokken.

»Du hast das nur geträumt«, sagte Schurotschka.

»Nein. Ich hab's gesehen. Wirklich. Ein Vogel ist vorbeigeflogen… Ich hab sogar den Windzug im Gesicht gespürt.«

Die Fersen schwangen hoch und waren fort. Auch die Socken verschwanden. Folglich hatte Schurotschka ihren Sohn wieder unter die Decke gesteckt und sich dazugelegt.

»Gehst du auch nicht weg?« fragte Paschka.

»Bestimmt nicht.«

»Und mach nicht das Licht aus, nein?«

»Ist gut.«

»Und geh nicht weg!«

»Nein, ich gehe nicht weg. – Weißt du, wonach deine Haare riechen?«

»Wonach?«

»Sie riechen nach angewärmten Federchen. Und du selbst, du riechst nach Maiglöckchen.«

»Ich hab ein Gedicht gemacht«, sagte Paschka. ›Taucht der Griech seinen Fuß, nur zum Spaß in den Fluß. Schwimmt ein Krebs in dem Fluß, sieht den Fuß voll Verdruß. Springt der Griech in den Fluß, schnappt der Krebs nach der Blus.‹«

»Wonach schnappt der Krebs?« fragte Schurotschka verwirrt.

»Na, nach der Bluse von dem Griechen doch!« erklärte Paschka. »Was ist denn daran unklar?«

Sie gurrten, murmelten, erzählten sich irgendwelchen Unsinn, den sie beide schrecklich wichtig fanden. Das Zimmer schwamm in Zärtlichkeit, die sich mir zentnerschwer auf die Brust legte. Ich fühlte mich einsam und verlassen und sehnte mich plötzlich nach meiner Mutter.

Als ich, schon erwachsen, noch dann und wann mit ihr unter einem Dach lebte, kam sie manchmal zu mir und breitete ihr ganzes Innenleben vor mir aus, und dann war mir stets, als befände sich in meinem Zimmer ein Pferd, das vor ein mit Holz beladenes Fuhrwerk gespannt war. Sie nahm den ganzen Raum ein, man mußte sich um sie herumdrücken, wollte man sich überhaupt noch bewegen. Das war irgendwie heikel, und vor allem: Was sollte es?

Jetzt dagegen hatte ich nur den einen Wunsch, auf der Stelle unter der staubigen Couch hervorzukriechen, aus der Wohnung zu fliehen, zum Sawelowsker Bahnhof zu fahren und den nächsten Vorortzug zu meiner Mutter zu nehmen. An die vertraute Tür zu klopfen und in die vertraute Wärme einzutauchen. Mama stellt mir heiße Bohnensuppe hin, setzt sich mir gegenüber und fängt an, alles schlechtzumachen: mich, meine Freunde, meine Arbeit... Aber was auch immer sie sagt, der Klang ihrer Stimme allein macht mir deutlich: Ich werde geliebt...

Es wurde still. Paschka war besänftigt eingeschlafen. Auch mir fielen die Augen zu, und es zog mich gleichsam an den Haaren in den Schlaf. Dann stand Schurotschka auf. Ich fürchtete, im nächsten Augenblick könnte sie zwei fremde Schuhe entdecken, in denen zwei fremde Füße steckten. Aber Schurotschka bemerkte nichts. Sie machte das Licht aus und ging leise aus dem Zimmer.

An die zehn Minuten blieb ich noch liegen, mit dem Schlaf kämpfend. Dann schob ich mich vorsichtig, immer nur fünf, sechs Zentimeter auf einmal, unter der Couch hervor. Und richtete mich ebenso vorsichtig auf. Verharrte einen Moment und ging zur Tür. Bis zur Tür waren es sechs Schritte. Ich brauchte achtzehn Minuten dafür, drei für jeden Schritt. Ich bewegte mich voran wie auf einem Minenfeld: achtete genau darauf, wohin ich die Füße setzte und balancierte mein Gewicht so aus, daß der Fußboden nicht knarrte. Als ich endlich auf dem Treppenabsatz stand, war ich genauso erleichtert wie, nehme ich an, ein Kosmonaut, wenn nach dem Sog der Schwerkraft der Zustand der Schwerelosigkeit beginnt.

»Was führt dich denn hierher?« fragte Mama.

Sie trug ein Kleid aus leichter usbekischer Seide, obwohl sie sonst überhaupt nichts mit Usbeken zu tun hatte. Die Kleider, die meine Mutter sich nähte, hatten seit jeher die gleiche Form: Sie waren stets gerade geschnitten, durchgeknöpft und mit Stehkragen. Auch das usbekische Kleid hatte einen Stehkragen und Knöpfe. Mir wurde klar, daß meine Mutter noch nichts vom Schicksal des Fluges Nr. 349 Moskau–Adler wußte.

»Ist irgend etwas passiert?« fragte Mama erschrocken.

»Ja«, sagte ich. »Ich hatte plötzlich Sehnsucht nach euch.«

»Dieser Pjotr ist sowas von widerlich!« flüsterte Mama, wobei sie sich vorsichtig nach der Zimmertür umblickte.

»Er läuft ständig mit einer Visage rum, als hätte man ihm einen Kaktus unters Hemd gestopft.«

In diesem Augenblick kam Jelena in den Flur hinaus, und sofort verstummte Mama. Jelena sah blaß aus und hundemüde und nicht die Spur glücklich. Drinnen brüllte ein Kind.

»Ein Junge?« fragte ich.

»Ein Mädchen«, antwortete Jelena. »Swetka.«

Während der Fahrt hierher war ich wieder nüchtern und apathisch geworden, und die Frage, ob Junge oder Mädchen, war mir, ehrlich gesagt, völlig egal. »Herzlichen Glückwunsch!« Ich umarmte meine Schwester.

Als wir noch Kinder waren, hatte sie wahnsinnig an mir gehangen. Jetzt hing sie genauso wahnsinnig an ihrem Pjotr. Sie konnte immer nur einen zur Zeit lieben. Am wichtigsten für sie war, sich jemandem ganz hingeben zu können. Ein Objekt für ihre Hingabe zu finden.

Das Baby brüllte weiter, mit immer derselben Lautstärke und Intonation, als wäre es von jemandem programmiert worden.

»Geh hin und still sie!« befahl Mama.

»Ich gehe nicht!« weigerte sich meine Schwester stur.

»Kannst du dir das vorstellen, die Kleine brüllt seit zehn gestern abend, und sie wollen ihr nichts zu essen geben. Es zerreißt ihr doch die Lunge!«

»Bestimmt nicht«, sagte Jelena. »Säuglinge müssen schreien, das tut ihnen gut.«

Mama zog sich beleidigt in die Küche zurück, während ich ins Zimmer ging, um mit meiner Nichte Bekanntschaft zu schließen.

»Verstehst du, sie verwechselt einfach Tag und Nacht«, erklärte Jelena. »Tagsüber schläft sie, und nachts will sie trinken. Aber wenn ich erst anfange, sie nachts zu stillen, dann fixiert sie sich darauf. Dann kann ich mich auch gleich begraben lassen. Dann hat sie mich unter dem Pantoffel.«

Wir traten an den Kinderwagen heran. Meine Nichte war gerade erst geboren worden, und sie hatten noch kein Bett für sie gekauft. Deshalb lag sie für's erste im Kinderwagen. Ihr Gesichtchen war rot vor Anstrengung und verzog sich in einem fort, als wäre es aus Gummi.

»Wie lange schreit sie noch?« fragte ich.

»Bis sie endlich begriffen hat, daß sie nichts damit erreicht.«

Aus dem angrenzenden Zimmer tauchte Pjotr auf. Er war angezogen; also hatte er sich wahrscheinlich noch gar nicht schlafen gelegt. Die ganze Familie wurde von der neuen Erdenbürgerin terrorisiert, die ihren gewohnten Tagesrhythmus einfach auf den Kopf stellen wollte.

Pjotr blickte leicht genervt und zugleich hochmütig drein. Er machte den Eindruck, als hätte er tatsächlich einen Kaktus unterm Hemd und wäre ständig abgelenkt durch dieses unangenehme Gefühl.

Pjotr war nicht begabt, nicht einmal mittelmäßig. Er war ein Mann der Pflicht und erfüllte seine Pflichten gewissenhaft. Mich langweilte er ein wenig, und ich langweilte ihn offensichtlich auch.

»Du bist braun geworden«, bemerkte Pjotr in dem Versuch, Interesse an mir zu zeigen.

»Ich war im Süden.«

Pjotr verdrehte die Augen ganz leicht nach unten und zur Seite; sein Gesicht verriet, wie gerne auch er vor dem Gebrüll, vor der Schwiegermutter und der Ehefrau in den Süden geflüchtet wäre. Jelena warf ihm einen raschen Blick zu, und ich merkte, daß sie ihn sehr wohl verstanden hatte. Sie liebte ihn und spürte genau, was in ihm vorging.

Pjotr sah Jelena voller Schreck an. Er begriff, daß sie begriffen hatte, und war so erschrocken, als hätte man seine Hand in einer fremden Tasche erwischt.

»Vielleicht solltest du sie doch stillen?« fragte Pjotr, gewissermaßen die Hand aus der fremden Tasche ziehend und sie hinterm Rücken versteckend.

»Nein«, antwortete Jelena schroff, und Tränen traten ihr in die Augen.

Ich machte Anstalten, meine Nichte hochzunehmen und in den Armen zu wiegen.

»Faß sie nicht an!« Kategorisch unterband Jelena die Regung meines Herzens und die Bewegung meiner ausgestreckten Arme. »Du hast ein weiches Herz, du kommst und gehst wieder. Aber mir tanzt sie nachher auf dem Kopf herum.«

Ich betrachtete das winzige, widerspenstige Menschlein im Kinderwagen, das, so fest gewickelt, aussah wie ein kleiner Fisch.

Wenn Mika und ich ein Kind gehabt hätten, hätte es Mika ganz mit Beschlag belegt und mich von ihr befreit. Wir wären gleichzeitig zusammen und jeder für sich gewesen – ein idealer Zustand. Wahrscheinlich war doch sie im Recht und nicht ich.

»Ich wäre um ein Haar mit dem Flugzeug abgestürzt«, sagte ich.

Nach dieser Eröffnung, dachte ich, würden alle die Hände ringen und in Tränen ausbrechen. Und das gleich doppelt: zunächst vor Schreck darüber, daß ich hätte ums Leben kommen können, und dann aus Freude, weil ich heil und gesund geblieben war. Doch Jelena schwieg, ganz mit sich selbst beschäftigt, als hätte sie mich überhaupt nicht gehört.

»Ich wäre fast abgestürzt«, wiederholte ich.

»Aber du bist doch hier …« ließ Pjotr sich vernehmen.

»Ich habe ja auch nicht gesagt, daß ich abgestürzt bin. Ich habe gesagt: ›fast abgestürzt‹!«

»Wir gehen auf dem Bürgersteig, und in einem Meter Entfernung von uns fahren Autos … Das heißt, wir werden auch fast überfahren«, sagte Jelena.

Sie antwortete mir, aber gleichzeitig stritt sie sich wortlos mit Pjotr weiter.

Ich ging zu Mama in die Küche. Auf dem Tisch stand keine Bohnensuppe, sondern ein Teller mit Sülze. Die Sülze war durchsichtig, mit kleinen Eigelbinseln darin. Ich wollte mich auf einen der Hocker setzen, aber Mama zog ihn unter mir weg.

»Siehst du nicht, daß da Windeln liegen? Und dann du mit deinen schmutzigen Hosen. Wer weiß, wo du gesessen hast …«

Ich setzte mich auf einen anderen Hocker.

Meine Mutter hatte mich immer mehr geliebt als Jelena, weil ich meinem Vater ähnlich sah. Jetzt aber war Swetka geboren und hatte mich ganz und gar aus ihrem Leben verdrängt. Ich bin erwachsen. Verwechsele den Tag nicht mit der Nacht. Verlange nicht, daß jede Sekunde jemand für mich da ist. Jetzt reicht es Mama, zu wissen, daß mir nichts fehlt, um dann eine Ewigkeit wunderbar ohne mich auszukommen. Ich habe ihr das selbst so beigebracht.

Und plötzlich, wie aus heiterem Himmel – wahrscheinlich waren meine überreizten Nerven schuld –, erinnerte ich mich an die zwei Pferde, die ich einmal in der Abenddämmerung am steilen Ufer eines Teiches gesehen hatte. Die Pferde standen mit gesenkten Köpfen da und spiegelten sich ganz im Wasser. Mika und ich waren am gegenüberliegenden Ufer stehengeblieben. Sie legte ihren Kopf auf meine Schulter. Wir betrachteten die Pferde und die Pferde uns. Wir und sie standen diesseits und jenseits des Teiches und schauten einander an.

Ich stand auf und ging zur Spüle, um mir etwas Wasser zu holen. Mama nahm mir den Becher aus der Hand. Auf dem Becher war ein Hase aufgemalt.

»Der gehört dem Baby. Ich hab ihn ausgekocht.«

Swetka wurde plötzlich still. Vielleicht vor Erschöpfung. Aber vielleicht hatte sie auch wirklich begriffen, daß sie mit ihrem Brüllen nichts erreichen würde. Der Tag würde immer Tag sein und die Nacht immer Nacht. Jelena kam auf Zehenspitzen in die Küche. Wir saßen am Tisch und warteten angespannt darauf, daß Swetka wieder losbrüllen und uns mit ihrer Hilflosigkeit strafen würde.

»Dieser Pjotr stinkt vor Faulheit«, sagte Mama zu mir. »Der bringt es fertig und liest den ganzen Abend Zeitung.«

»So sind die Männer doch alle«, nahm Jelena ihn in Schutz. »Warum hackst du bloß immer auf ihm herum?«

In Mama staute sich die Erbitterung. Sie war hergekommen, um sich für Jelena aufzuopfern, die aber wußte das nicht zu schätzen. Außerdem sah ich noch: Mama war eifersüchtig auf Pjotr und wollte Jelena und ihn im Grunde ihres Herzens auseinanderbringen. Gleichzeitig aber wollte sie Jelena glücklich sehen.

»Er ist dermaßen geizig!« sagte Mama zu mir. »Er gibt uns hundertfünfzig Rubel im Monat und keine Kopeke mehr. Und wir können dann sehen, wie wir klarkommen.«

»Wo soll er denn mehr hernehmen? Soll er vielleicht klauen gehen?«

»Er will, daß ich meine Rente beisteuere.«

»Er will überhaupt nichts!«

»Er hat eine Visage – wie ausgespuckt!« fügte Mama hinzu, nachdem sie alle Argumente erschöpft hatte.

»Da hörst du's!« Meine Schwester sah mich mißmutig an.

»Ich gehe!«

Ich hatte es eilig zu gehen, solange Swetka noch still war. Es wäre mir peinlich gewesen, aus einer Wohnung zu flüchten, in der ein Kind weint.

»Was heißt das, ich gehe?« fragte Mama verwundert. »Was wolltest du denn überhaupt hier?«

»Ich hatte Sehnsucht nach euch«, sagte ich noch einmal. »Gib mir deine Zimmerschlüssel.«

»Wozu?«

»Ich will mir das ›Handbuch für den Maschinenbauingenieur‹ holen.«

»Wozu brauchst du denn das Handbuch?«

»Wieso wozu? Ich bin doch Ingenieur.«

»Du willst bei der Band aufhören?«

Pjotr erschien. Die Küche verwandelte sich in ein elektrisches Feld, in dem verschieden geladene Teilchen aufeinanderprallen.

Als ich ging, steckte Mama mir eine Apfelsine in die Tasche. Sie mir offen mitzugeben, war ihr unangenehm, schließlich lebte sie auf Pjotrs Kosten und steuerte ihre Rente nicht bei.

Die Apfelsine beulte die Tasche aus, und ich kam mir vor, als hätte ich sie gestohlen.

Ich verabschiedete mich. Jelena legte sich ihren Schal um, um mich zu begleiten.

Als wir noch klein waren und gemeinsam den Weg zur Schule machten, trug Jelena, weil ich so schmächtig war, meinen Ranzen. Mama belegte unsere Pausenbrote verschieden: Mir tat sie Wurst oder Käse drauf, Jelena streute sie Zucker auf die Schnitten und sprühte Wasser darüber, damit er nicht herunterrieselte. Einmal entdeckte Jelena in der großen Pause eine Schnitte mit Rührei in ihrer Tüte. Sie erriet, daß Mama die Brote vertauscht hatte, und statt das Rühreibrot zu essen, brachte sie es mir in meinen Flur hoch.

»Du wirst dich noch erkälten«, sagte ich und küßte meine Schwester auf die Wange.

»Verstehst du, sie ist immer unzufrieden. Und das regt Pjotr so auf, daß er es zu Hause kaum mehr aushält. Ich merke, daß er überhaupt nicht mehr zwischen mir und ihr unterscheidet. Es ist ihm längst egal, wer was macht ...«

»Versuch doch einfach, nicht darauf zu achten«, riet ich ihr.

»Das kann ich nicht. Wir sind wie Streichholz und Schachtel: Ich reibe mich ständig an ihr, und dann explodiere ich. Ich hab das alles so satt...«

Die Sonne ging hinter den Fichten auf, so jung und von so zartem Rot, als wäre sie eben erst erwacht.

»Niemand braucht mich«, sagte ich zu Jelena.

»Verstehst du, sie jammert mir die Ohren voll: Er ist geizig, er ist faul... Kann ja sogar sein, daß sie recht hat, aber sag selbst: Wozu muß ich das wissen?«

»Niemand braucht mich. Niemand.«

»Du brauchst ja auch niemanden.«

Die Sonne löste sich von den Kiefern und glitt langsam und gleichmäßig weiter, um rechtzeitig zur Mitte des Himmels zu gelangen.

»Also, ich gehe dann...«

»Komm bald wieder«, bat Jelena.

Ihr Schal umhüllte sie wie Trauer, und so ging sie davon, die Trauer auf den Schultern.

Ich folgte dem Pfad zur Station. Ringsumher sproß junges, kräftiges Grün.

Dann stieg ich die Stufen zur hölzernen Plattform empor und wartete auf die Bahn. Nahebei glänzten die Zwiebeltürme einer Kirche in der Sonne. Wie es hieß, hatte hier früher ein Patriarch gelebt.

›Ob Swetka wohl wirklich eingeschlafen ist‹, dachte ich, ›oder ob sie nur Kraft geschöpft hat und jetzt weitermacht wie gehabt?‹ Dann steht Jelena mit versteinertem Gesicht am Kinderwagen und weigert sich, ihre Tochter zu verstehen. Und hinter Jelena steht ihre Mutter, die ihrerseits die Tochter nicht verstehen will. Was kann man denn von

Fremden erwarten, wenn nicht einmal die engsten Verwandten Mitgefühl füreinander aufbringen?

Die Bahn kam. Ich stieg ein und setzte mich auf einen freien Platz, mit dem Rücken zur Fahrtrichtung. Der Wagen war fast besetzt. Die Leute fuhren zur Arbeit.

Mir gegenüber saß eine Zehnjährige mit ihrer Mutter. Das Mädchen schaute aus dem Fenster, und in seinen klaren Augen spiegelten sich Bäume, Häuser und Himmel wider. Die Augen wechselten Farbe und Aussehen mit der Landschaft, die draußen vorüberzog. Auch die Frau blickte aus dem Fenster, doch sie sah nichts. Ihre Seele schlief.

Wieder fiel mir Swetka ein, und ich dachte: ›Kinder weinen bis zu einem bestimmten Alter; danach fangen sie an, Fragen zu stellen. Und dann hören sie irgendwann auf, ihre Fragen laut zu stellen und stellen sie nur noch sich selbst. Und weinen auch nur noch heimlich.‹

Wenn man jetzt zum Beispiel ein Gerät im Wagen aufstellte, mit dem sich Töne auffangen und verstärken ließen – solche Geräte benutzt man, um die Gespräche der Fische aufzuzeichnen –, dann würde sich zeigen, daß der Wagen bis obenhin voll ist mit Weinen und Fragen. Die Menschen weinen und fragen mit geschlossenem Mund.

In Moskau stieg ich aus und nahm die Metro. Ganz mechanisch stieg ich aus dem Vorortzug in die Metro um, aus der Metro in den Bus. Und fuhr und fuhr, wie der ›Griech über den Fluß‹.

Der Bus hielt. Der Fahrer sprang hinaus und verschwand. Auch ich stieg aus, schaute umher – und sah das Flughafengebäude vor mir.

Wieso war ich hierhergekommen? Vielleicht wollte ich meinen Flug erreichen und hatte Angst gehabt, ihn zu verpassen...

Ich betrat das Flughafengebäude. Ging in den ersten Stock und setzte mich in den Warteraum. Dort saß außer mir nur noch ein Mann mit Schnurrbart und Schirmmütze. Seine Schirmmütze war so groß, daß sie gut und gerne als Hubschrauberlandeplatz hätte dienen können.

Am Fuße des Kikimora hat sich eine kleine Menschenkette gebildet. Hier sind alle zusammengekommen, die mir verwandtschaftlich und geistig nahestehen. Ich gehe an der Reihe entlang und reiche jedem einen langen Stock, eine Art Schrubberstiel. An den Stock ist eine leere Konservenbüchse genagelt, in der ein in Benzin getauchter Strumpf steckt. Ich zünde den Strumpf an, er brennt lodernd wie eine Fackel.

Jeder erhält solch eine Fackel von mir, und dann macht sich der Zug schweigend an den Aufstieg auf den Kikimora.

Ich trete zur Seite und lasse sie langsam an mir vorüberziehen.

Da geht meine Mutter.

»Mama«, schreie ich, »du mußt ewig leben!«

»Ist recht«, antwortet Mama.

Und da ist Mika.

»Bald sind wir alt, und dann kommt alles von selbst in Ordnung. Hab noch ein wenig Geduld mit mir«, bitte ich sie.

»Und du mit mir«, sagt Mika.

Da ist meine Band mit Galja an der Spitze.

»Komm doch mit uns«, rufen sie.

»Wozu braucht ihr mich denn?«

»Wir können ohne dich nicht leben.«

Und hier sind die Kinder: Anton, Wadik, Paschka Samoderkin und noch ein Junge, schlecht angezogen und mir irgendwie vertraut.

»Achtet auf eure Füße!« rufe ich.

Sie aber schauen, eigensinnig wie alle Kinder, weiter zum Feuer der Fackeln empor.

Dann kommen die Ausländer.

»Gib mir deine Hand!« bittet der Alte. »Ich habe Angst.«

Ich reihe mich ein und reiche ihm die Hand. Und von vorn streckt der schlecht angezogene, mir irgendwie vertraute Junge seine Hand nach mir aus. Ich sehe genauer hin und erkenne mich als Kind. Er zieht mich den Berg hinauf, und ich folge meiner eigenen Kindheit.

»Wissen Sie, daß ich Sie erkannt habe...?!«

Ich hob den Kopf. Vor mir stand die Froschkönigin.

Sie trug eine fliederfarbene Atlasbluse und einen grauen Rock. Eben erst zum Dienst erschienen, hatte sie noch keine Zeit gehabt, den Kittel anzuziehen.

»Zuerst habe ich Sie nicht erkannt, aber dann ist der Groschen gefallen. Da waren Sie aber schon weggelaufen...«

Sie war noch schöner, als ich gedacht hatte, doch sie gefiel mir weniger gut als beim ersten Mal. Sie war mir fremd geworden.

»Sie müssen sich irren...«, vermutete ich.

»Heißen Sie Klimow?« fragte sie und sah mir unbeirrt in die Augen.

»Klimow, ja. Woher wissen Sie das?« Ich war wirklich überrascht.

»Sie sind doch der Trompeter. Aus der Band. Ich hab Sie im Restaurant spielen hören. Zu Hause habe ich sogar eine Platte von Ihnen ...«

»Und? Gefällt sie Ihnen?«

»Ge-ni-al!« Sie schüttelte die Fäuste dabei, ganz aus dem Häuschen vor Begeisterung. »Genial«, wiederholte sie kategorisch, als handelte es sich um eine unumstößliche Wahrheit.

Ich war fast bereit, ihr zu glauben.

»Hast du einen Freund?« fragte ich.

»Im Augenblick nicht.«

»Willst du es mit mir versuchen?«

Sie wurde plötzlich ganz still und ernst. Betrachtete mich zugleich ungläubig und hoffnungsvoll. Ich war der Neue, der Nächste in ihrem Leben, und neue Menschen bedeuten immer auch: neue Hoffnungen.

Ich erhob mich und legte meine Hände auf ihre Schultern. Aber den Händen war der Atlas zu glatt. Ich ließ sie auf ihre Hüften sinken und sah in das zu mir emporgewandte, scheue Gesicht – ebenfalls ungläubig und hoffnungsvoll.

Wer war sie? Ein Frosch? Eine Königin?

Jedenfalls hatte sie sicher einen Namen. Ich fragte: »Wie heißt du?«

»Und du?«

# *Viktorija Tokarjewa im Diogenes Verlag*

## *Zickzack der Liebe*

Erzählungen. Aus dem Russischen
von Monika Tantzscher

Die Menschen der Viktorija Tokarjewa rebellieren gegen ein Leben, das mit der Regelmäßigkeit eines Uhrwerks abläuft und keinen Raum für spontanes Glück läßt. Sie träumen vom Überschwang des Herzens und von leidenschaftlicher Liebe – zu deren Unbedingtheit sie sich dann doch nicht entscheiden können. Das Leben zu zweit erscheint wie ein spannender Kampf ›zwischen Wahrheit und Lüge‹. Ironisch und mit Herzblut erzählt eine selbstbewußte Autorin von den Partnerschaftsnöten emanzipierter sowjetischer Frauen.

»Die große Kunst der Viktorija Tokarjewa besteht im äußerst sparsamen Gebrauch der erzählerischen Mittel. Überflüssige Details zu vermeiden und auf kürzestem Weg ins Herz der Dinge und der Menschen vorzudringen ist die Maxime der Autorin. Ihre Erzählungen sind von geradezu elementarer Wucht. Sie ist eine Meisterin.« *Frankfurter Allgemeine Zeitung*

## *Mara*

Erzählung. Deutsch von
Angelika Schneider

Die ehrgeizige Mara hat nur zwei Ziele: Macht und Geld. Da sie beides mangels Ausbildung auf direktem Wege nicht erreichen kann, geht sie den Umweg über Männer. In *Mara* entwirft die Autorin das psychologisch feinfühlig gezeichnete tragikomische Bild einer modernen russischen ›femme fatale‹.

»Ihre Erzählungen führen sehr direkt an das Wesen der Menschen heran. Was sie sagt, sagt sie in äußerst gedrängter Form. Eine ›Vaterschaft‹ Čechovs scheint

vor allem im Umgang mit der Sprache, in der Beobachtungsgabe und im manchmal fast melancholischen Humor durchzuschlagen. Und obwohl Viktorija Tokarjewa in der Sowjetära lebt, sind ihre Figuren zeitlos, sieht man von den wenigen Tönen des Zeitkolorits ab. Wieviel klingt da mit.«
*Regula Heusser/Neue Zürcher Zeitung*

## *Happy-End*

Erzählung. Deutsch von
Angelika Schneider

Aus purem Trotz heiratet Elja viel zu früh den sie naiv vergötternden Tolik und zieht mit ihm zu seinen Eltern in ein russisches Provinznest. Als sie an der Langeweile des Kleinstadtlebens zu ersticken droht, verliebt sich Elja in den Schauspieler Igor, der so wunderschön Lermontow rezitiert. Sie zieht mit ihm nach Moskau. Aber Igor ist Alkoholiker und hat seit Jahren keine guten Rollen mehr gespielt...

»Vor allem aber liegt der Zauber von Viktorija Tokarjewas Schreibweise in einem Čechovschen Humor, der das schwere Leben leichter macht, dazu in gelegentlichen Ausflügen ins Träumerisch-Phantastisch-Absurde, im Witz der Formulierung, der den Geist vom Druck der Verhältnisse befreit.«
*Deutsche Welle, Köln*

## *Lebenskünstler*

und andere Erzählungen
Deutsch von Ingrid Gloede

»Viktorija Tokarjewas Geschichten sind seit jeher von großer Anmut, allesamt Kunst-Stückchen, die einem die Vorstellung von Leichthändigkeit suggerieren. Nicht jedoch von Leichtgewichtigkeit. Die Genrebilder aus dem sowjetischen Alltagsleben, die die Autorin in ihrem Kaleidoskop aufleuchten läßt, sind nichts

weniger als heiter, sie sind stellenweise sogar niederdrückend und bestürzend. Wenn sie uns dennoch ein Schmunzeln entlocken, dann liegt das daran, daß die Tokarjewa über einen ausgeprägten Humor verfügt und diese Gabe durchweg einsetzt. Es ist kein Humor der satirischen Art, eher eine sanfte Ironie, gewürzt mit einer Prise Traurigkeit und einem vollen Maß an mitmenschlichem Erbarmen.«
*Sabine Brandt/Frankfurter Allgemeine Zeitung*

»Viktorija Tokarjewa psychologisiert nicht. Sie erzählt. In einem Ton und mit einer Sicherheit, die nicht den geringsten Zweifel zuläßt, daß hier eine großartige Autorin zu entdecken ist.« *NDR, Hamburg*

»Sie erzählt von Menschen – erstaunlich emanzipierten Frauen –, die einem Ideal nachjagen, dauernd im Aufbruch begriffen sind und doch an den realen Bedingungen klebenbleiben wie an Leimruten.«
*Die Weltwoche, Zürich*

## *Sag ich's oder sag ich's nicht?*

und andere Erzählungen
Deutsch von Angelika Schneider, Monika Tantzscher und Elsbeth Wolffheim

*Sag ich's oder sag ich's nicht?* lautet die bange Frage, die sich durch das Leben einer jungen Frau zieht wie ein roter Faden. Als reife Frau hält sie Rückschau auf alle Gelegenheiten, die sie durch ihr langes Abwägen verpaßt hat. Als sich eine letzte Gelegenheit bietet, wagt sie schließlich den Sprung ins Ungewisse.

*Je suis, tu es, il est* ist die Geschichte einer alleinerziehenden Mutter, deren ganzer Lebensinhalt ihr Sohn ist. Eines Tages bringt der Sohn ein junges Mädchen mit nach Hause. Die Mutter findet die junge Frau unsympathisch und wartet, daß ›der Besuch‹ wieder geht. Da teilt der Sohn ihr mit, daß das Mädchen seit ein paar Tagen seine Ehefrau ist.

*Pascha und Pawluscha* heißen zwei Freunde, die unterschiedlicher nicht sein könnten: Pascha, der Introvertierte, ist Lehrer in einer Sonderschule und geht in der Sorge um ›seine‹ behinderten Kinder auf. Pawluscha, der Sunnyboy, interessiert sich vor allem für Autos und wie man sie gewinnbringend weiterverkaufen kann. Trotzdem verbindet die beiden eine lange Freundschaft – bis Pawluscha eines Sommers auf der Krim dem Freund die Freundin ausspannt...

»Viktorija Tokarjewas Erzählungen sind durchdrungen von trockenem Witz und warmem Humor, distanziert und engagiert zugleich.«
*Süddeutsche Zeitung, München*

## *Sentimentale Reise*

Erzählungen. Deutsch von
Angelika Schneider

Auf einer Reise durch Italien verliebt sich die Kinderbuchillustratorin Romanowa in den unangepaßten Künstler Leonid, den sie so faszinierend-rätselhaft findet, daß sie ihn nur ›Raskolnikow‹ nennt. Raskolnikow macht der Romanowa den Hof, nutzt jede Gelegenheit, um mit ihr allein zu sein. Aber der Grund dafür ist ein anderer als der von der Romanowa vermutete, und die *Sentimentale Reise* nimmt ein überraschendes Ende.
Vier Geschichten über Hoffnungen und Sehnsüchte.

»*Sentimentale Reise* vereinigt vier Erzählungen, die das zentrale Thema der Liebe in eine ausdrucksstarke, manchmal groteske Bildlichkeit umsetzen. Die Tragik des Lebens bricht nicht mit Pauken und Trompeten eines Schicksalsschlags über den Menschen herein, sondern dringt als leises Scheitern in alle Ritzen der Existenz. Und hier liegt Viktorija Tokarjewas Wahrheit, in die sie ihre Leser mit einem lachenden und einem weinenden Auge einweiht.« *Neue Zürcher Zeitung*

# *Anton Čechov im Diogenes Verlag*

»Er hat seine Erzählungen mit vollkommener Kunstfertigkeit gestaltet: *Die Bauern* zum Beispiel sind ebenso vollkommen wie Flauberts *Madame Bovary*. Er bemühte sich, einfach, klar und knapp zu schreiben. Seine drastischste Forderung war, daß der Schriftsteller Anfang und Ende seiner Erzählung weglassen sollte. Er selbst hat das getan, und zwar so rigoros, daß seine Freunde sagten, man solle ihm die Manuskripte wegschnappen, bevor er die Möglichkeit habe, sie zu verstümmeln: ›Sonst beschränken sich am Ende die Erzählungen darauf, daß sie jung waren, sich verliebten, heirateten und unglücklich wurden.‹ Als man das Čechov erzählte, sagte er: ›Aber so ist es doch tatsächlich.‹« *W. Somerset Maugham*

»Ein Poet wie Whitman? ein Dramatiker wie Shakespeare? ein großer Mann wie sie alle? – all das vereinigt er ja in sich. Aber Čechov ist noch mehr. Er ist mein Freund.« *Sean O'Casey*

»Welche Schriftsteller mich als jungen Menschen beeinflußt haben? Čechov! Als Dramatiker? Čechov! Als Erzähler? Čechov!« *Tennessee Williams*

● **Das dramatische Werk**
Neu übersetzt, transkribiert und herausgegeben von Peter Urban. Jeder Band bringt den unzensurierten Text mit sämtlichen Varianten und Lesearten, Auszüge aus Čechovs Notizbüchern, Anmerkungen und einen editorischen Bericht

*Der Kirschgarten*
Komödie in vier Akten

*Der Waldschrat*
Komödie in vier Akten

*Die Möwe*
Komödie in vier Akten

*Onkel Vanja*
Szenen aus dem Landleben in vier Akten

*Ivanov*
Drama in vier Akten

*Drei Schwestern*
Drama in vier Akten

*Platonov*
›Stück ohne Titel‹ in vier Akten und fünf Bildern. Erstmals vollständig deutsch

*Sämtliche Einakter*

## ● Das erzählende Werk

Deutsch von Gerhard Dick, Wolf Düwel, Ada Knipper, Hertha von Schulz, Michael Pfeiffer und Georg Schwarz. Gesamtredaktion, Anmerkungen und Nachweise von Peter Urban

*Ein unbedeutender Mensch*
Erzählungen 1883–1885

*Gespräch eines Betrunkenen mit einem nüchternen Teufel*
Erzählungen 1886

*Die Steppe*
Erzählungen 1887–1888

*Flattergeist*
Erzählungen 1888–1892

*Rothschilds Geige*
Erzählungen 1893–1896

*Die Dame mit dem Hündchen*
Erzählungen 1897–1903

*Eine langweilige Geschichte / Das Duell*
Kleine Romane I

*Krankenzimmer Nr. 6*
*Erzählung eines Unbekannten*
Kleine Romane II

*Drei Jahre / Mein Leben*
Kleine Romane III

*Die Insel Sachalin*
Reisebericht

*Das Drama auf der Jagd*
Eine wahre Begebenheit. Neu übersetzt von Peter Urban

*Meistererzählungen*
Ausgewählt von Franz Sutter. Deutsch von Ada Knipper, Herta von Schulz und Gerhard Dick

## ● Briefe

in 5 Bänden. Die größte nicht-russische Briefausgabe in der Neuübersetzung und -edition von Peter Urban. Jeder Band enthält Faksimiles, einen umfangreichen Anhang mit editorischem Bericht, Anmerkungen und einer Chronik; im letzten Band zusätzlich ein Personen- und Werkregister

## ● Tagebücher Notizbücher

Herausgegeben und vollständig neu übersetzt von Peter Urban. Mit Vorwort, editorischem Bericht, ausführlichen Anmerkungen und Personenregister

## ● Čechov-Chronik

Leben und Werk von Anton Čechov Herausgegeben von Peter Urban. Der Anhang bringt ein Nachwort, das Inhaltsverzeichnis der ersten russischen Gesamtausgabe und eine Bibliographie aller deutschen Übersetzungen

## ● Anton Čechov Sein Leben in Bildern

Herausgegeben von Peter Urban. Mit 739 Abbildungen, einem Anhang mit Daten zu Leben und Werk und einem Personenregister

## ● Freiheit von Gewalt und Lüge

Gedanken über Aufklärung, Fortschritt, Kunst, Liebe, Müßiggang und Politik. Zusammengestellt von Peter Urban. Mit fünf Porträts und einer Selbstkarikatur von Doktor Čechov

## ● Das Čechov Lesebuch

Herausgegeben, kommentiert und mit einem Vorwort von Peter Urban

## ● Über Čechov

Herausgegeben von Peter Urban

Konstantin Paustowski
*Meistererzählungen*
Aus dem Russischen von
Rebecca Candreia und Hans Luchsinger

Konstantin Georgijewitsch Paustowski (1892–1968), Ingenieurssohn, mag sich lange nicht in einen Beruf zwängen lassen: Arbeiter, Matrose, Reporter sind nur einige seiner Beschäftigungen. Daneben, immer wieder, Abenteurer und Wanderer in der geliebten Heimat. Beruf und Berufung zeichnen sich dennoch schon früh ab und setzen sich gegen 1925 endgültig durch: die Literatur. Paustowski, als Bürger an der Revolution beteiligt, als Dichter an ihr unbeteiligt, ist der letzte russische Klassiker aus der Schule Turgenjews.

»Paustowski gilt als Wahrer der literarischen Tradition Iwan Bunins und Anton Čechovs.«
*Neue Zürcher Zeitung*

»Es scheint mir, eines der typischen Merkmale meiner Prosa sei die romantische Stimmung. Dies ist natürlich eine Charaktereigenschaft. Von irgendeinem Menschen, und besonders von einem Schriftsteller, zu verlangen, er müsse sich von dieser Stimmung lossagen, ist geschmacklos. Ein solches Vorgehen läßt sich nur mit Ignoranz erklären. Die romantische Stimmung steht nicht im Widerspruch zum brennenden Interesse am Leben und zur Liebe zu ihm. In alle Bereiche der Wirklichkeit und der menschlichen Tätigkeit sind, mit seltenen Ausnahmen, Samenkörner der Romantik gelegt.« *Konstantin Paustowski*

## *Lydia Tschukowskaja im Diogenes Verlag*

### *Sofja Petrowna*

Erzählung
Aus dem Russischen von
Eva Mathay

*Sofja Petrowna* handelt im Schicksalsjahr 1937. Der Mut der Autorin und das Schicksal dieses Textes sind einmalig in der Geschichte der Sowjetliteratur.
Sofja Petrowna erlebt das Schicksal einer ahnungslosen Mutter, die an die Gerechtigkeit des Systems glaubt, bis sie völlig gebrochen und desillusioniert ihren Sohn als ›Volksfeind‹ an den Gulag verliert.
Lydia Tschukowskaja verarbeitete die Atmosphäre der Terrorjahre nicht wie manche andere Autoren retrospektiv, sondern beschrieb das Erlebte unmittelbar. Damals war die junge Autorin durch die Verhaftung ihres Mannes, des Physikers Matwej Bronschtein, selbst von der stalinistischen Repression betroffen wie Zehntausende anderer Frauen.

»Ihr Buch ist genauso bedeutend und in seiner Art genauso meisterhaft wie Solschenizyns *Iwan Denissowitsch.«* *Times Literary Supplement, London*

»Ein erschütterndes Meisterwerk von ungeheurer Dramatik. Ich stelle es noch über das berühmte Werk von Solschenizyn.« *Sigismund von Radecki*

»Ein ›document humain‹ von bewegender und eindringlicher Kraft.« *Süddeutsche Zeitung, München*

»Ihr Bericht hat den Vorzug der Unmittelbarkeit, der Überzeugungskraft.« *Welt der Literatur, Hamburg*

»Zählt zu den ›Klassikern‹ über die Zeit der stalinistischen Verfolgung.«
*ÖsterreichischerRundfunk, Wien*

## *Untertauchen*

Roman
Deutsch von Swetlana Geier

Ein Roman von größter Aktualität über jene Epoche, deren Opfer im Zuge von Perestroika und Glasnost endlich rehabilitiert werden.

»Der Roman *Untertauchen* ist in gewisser Weise die Fortsetzung von *Sofja Petrowna.* Wieder steht eine Frau im Mittelpunkt. Nina Sergejewna ist Schriftstellerin und Übersetzerin. In einem Erholungsheim für Künstler lernt sie eine Handvoll Menschen kennen, die wie sie gezeichnet sind von der Erfahrung totalitärer Staatsgewalt; Opfer oder Angehörige von Opfern. Lydia Tschukowskaja erzählt die Geschichte dieser Menschen ohne alle Sentimentalität, aber so engagiert, als habe sie selbst deren Schicksal erlitten.«
*Frankfurter Allgemeine Zeitung*

»*Untertauchen* ist das Beispiel einer ernsten dichterischen und moralischen Bemühung. Es ist eine Selbstdarstellung der sowjetischen Intelligenz, selbstkritisch und von eigentümlicher Schwermut; ein Buch, das bleiben wird.« *Süddeutscher Rundfunk, Stuttgart*

»Was Lydia Tschukowskaja beschreibt, ohne es uns aufzudrängen, ist das menschliche Leid; ihre Trauer und ihre Liebe gelten vorab den Kindern, den vernachlässigten, ihrer Eltern beraubten, der Roheit der Zeit preisgegebenen Geschöpfen. Tief bewegend ist ihr stiller Bericht gerade in seiner Einfachheit, in seiner Aufrichtigkeit.« *Neue Zürcher Zeitung*

## *Doris Dörrie im Diogenes Verlag*

### *Liebe, Schmerz und das ganze verdammte Zeug*

Geschichten

Vier großartige, liebevolle, traurige, grausame Geschichten: *Mitten ins Herz, Männer, Geld, Paradies.* Geschichten von befreiender Frische.

»Doris Dörrie ist eine beneidenswert phantasiebegabte Autorin, die mit ihrer unprätentiösen, aber sehr plastischen Erzählweise den Leser sofort in den Bann ihrer Geschichten schlägt, die alle so zauberhaft zwischen Alltag und Surrealismus oszillieren. Ironische Märchen der 80er Jahre – Kino im Kopf.«
*Der Kurier, Wien*

»Ihre Filme entstehen aus ihren Geschichten.«
*Village Voice, New York*

### *»Was wollen Sie von mir?«*

und 15 andere Geschichten

»Es ist vollkommen gleichgültig, ob Sie Doris Dörrie in der Badewanne, im Intercity-Großraumwagen, im Lehnstuhl oder in der Straßenbahn lesen, nur: Lesen Sie sie! Lassen Sie sich nicht irre machen von naserümpfenden Kritikern, diese sechzehn Short-Stories gehören durchweg in die Oberklasse dieser in Deutschland stets stiefmütterlich behandelten Gattung.« *Deutschlandfunk, Köln*

»Vor allem freut man sich, daß Doris Dörrie den eitlen Selbstbespiegelungen der neuen deutschen Weinerlichkeit eine frische, starke und sensible Prosa entgegenstellt.« *Kölnische Rundschau*

## *Der Mann meiner Träume*

Erzählung

Doris Dörrie erzählt die Geschichte von Antonia, die den Mann ihrer Träume tatsächlich trifft. Sie erzählt eine moderne Liebesgeschichte, eine heutige Geschichte, deren Thema so alt ist wie die Weltliteratur, eine Geschichte von der Liebe.

»Ein erzählerisches Naturtalent mit einem beneidenswerten Vermögen, unkompliziert und gekonnt zu erzählen. Der Leser beendet die Lektüre mit höchst bewußtem Bedauern darüber, daß er diese kurzweilige, unprätentiöse Erzählung schon hinter sich hat.«
*Frankfurter Allgemeine Zeitung*

## *Für immer und ewig*

Eine Art Reigen

Ein überschaubarer Kreis von Personen, darunter auch das Model Antonia, im ewigen Karussell des Lebens: Man begegnet sich, verliert sich wieder aus den Augen, liebt und leidet.

»Die Dörrie ist in diesem Buch auf der Höhe ihrer Männer- und Frauencharakterstudien. Ein Buch zum Lachen und zum Weinen. Zum genießerischen Wehmütigsein und zum sinnigen Nachdenken.«
*Die Welt, Bonn*

## *Love in Germany*

Deutsche Paare im Gespräch
mit Doris Dörrie

»Doris Dörrie hat die *Love in Germany* erkundet – in 13 anrührenden und saukomischen Interviews mit deutschen Paaren zwischen Mittelmaß und Beziehungswahn. Ganz normale Leute, aber alle sind mit ihren Ramponiertheiten und unverwüstlichen Liebesträumen Persönlichkeiten. Aufschlußreicher als jede Statistik.« *stern, Hamburg*

*Bin ich schön?*

Erzählungen

Leopold und seine junge Frau wollen es anders machen als die spießigen Nachbarn ihrer niederbayrischen Umgebung. Sie bitten die vietnamesische Asylantenfamilie Hung zu sich ins Haus, laden sie zum Tee und zum Essen ein, schenken ihnen warme Winterkleidung und ein Paar *Neue Schuhe für Frau Hung.* Doch nach ein paar Tagen kapitulieren sie vor den kulturellen Unterschieden, die trotz guten Willens unüberwindbar scheinen.

Charlotte will wieder arbeiten gehen und sucht ein Kindermädchen für ihre kleine Tochter. Aber nicht irgendeins, sondern »ich möchte einen Babysitter, der mich verehrt, nicht stört und immer verfügbar ist«. Natürlich muß sich das Kindermädchen schnell in ›gesunde Ernährung‹ und ›angstfreie Erziehung‹ einarbeiten lassen, und ein gutes Karma sollte sie auch haben. Anita, ein junges Mädchen aus Ostdeutschland, die erst seit zwei Wochen im Westen ist, macht das Rennen: *Gutes Karma aus Zschopau* und seine Folgen...

Mit liebevoll-kritischem Blick nimmt Doris Dörrie die aufgeklärte, alternative Intellektuellenszene aufs Korn.

Sechzehn tragisch-komische Geschichten, die nachdenklich stimmen, weil sie so hemmungslos ehrlich sind.

»Doris Dörrie ist eine ausgezeichnete Kurzgeschichten-Schreiberin mit der erforderlichen Prise Selbstironie und mit stilistischer Eleganz.«
*Annemarie Stoltenberg / Die Zeit, Hamburg*